表御番医師診療禄5

摘出

上田秀人

角川文庫
19013

目次

主要登場人物

●矢切良衛《やきりりようえい》
江戸城中での診療にあたる表御番医師。今大路家の弥須子と婚姻。息子の一弥を儲ける。

●弥須子《やすこ》
良衛の妻。幕府典薬頭である今大路家の娘。

●伊田美絵《いだみえ》
御家人伊田七蔵の妻。七蔵亡き後、良衛が独り身を気にかけている。

●松平対馬守《まつだいらつしまのかみ》
大目付。良衛が患家として身体を診療している。

第一章　女のやりとり

一

大奥の規模は六千坪あった。天主台を含む本丸の総面積が三万四千坪あまり、本丸御殿が一万千坪少しと比べても、その大きさがどれほどかわかる。

その大奥の最東奥に、主《あるじ》たる御台所《みだいどころ》五代将軍徳川綱吉《とくがわつなよし》の正室鷹司信子《たかつかさのぶこ》の住まう御守殿があった。

本来御守殿は三位以上の大名に嫁いだ将軍の娘の敬称である。それ以外、御守殿という言葉は大奥にだけあった。

御守殿は、御主殿なのだ。主が在するところ、大奥では御台所の住まう一角を御主殿と呼んでいた。その御主殿が、いつのまにか将軍の娘の呼称と混同され、御守殿へと変化した。

御守殿は、一つの館の体をなしていた。

御台所の居室である御座の間、対面の間、世話役の女中が詰める控えの間、化粧をする縁の間、風呂《ふろ》、台所、厠《かわや》、納戸、女中たちの生活の場となる部屋も格ごとに設けられ、ちょっとした旗本の屋敷ほどの規模を誇っていた。

「宇治野《うじの》。茶を」

鷹司信子が、腹心の上臈《じょうろう》に命じた。

「はい。用意をいたせ」

宇治野と呼ばれた上臈が、御座の間外襖際で控えていた中臈に伝えた。

「ただちに」

中臈《ちゅうろう》が一礼して、炉の切られている次の間へと消えていった。

「近《ちこ》う寄れ」

「ご無礼をいたしまする」

呼ばれた宇治野が、膝行《しっこう》した。

「公方《くぼう》さまよりお求めのあった女御の手配はどうなっている」

信子が問うた。

傍系から本家を継いだ綱吉の立場は弱い。とくに家綱《いえつな》のときから大奥で働いている上臈たちは、綱吉を館林《たてばやし》の田舎者として、馬鹿にしていた。もちろん、当代の将軍相手に面と向かって口にできるはずもない。女中たちは、綱吉、ひいてはその正室である信子に対して面従腹背であった。

「京へ手紙をやりましたが、急には……」

宇治野が首を振った。

「公方さまが安心できる女が、妾《わらわ》と伝《でん》だけでは足りぬ」

難しい顔を信子がした。

伝とは、綱吉が館林藩主だったときに手を付けた黒鍬《くろくわ》者の娘である。美貌《びぼう》で綱吉を虜にしただけでなく、徳松、鶴姫と二人の子をなした。残念ながら、男子の徳松は綱吉が将軍となってすぐに死去してしまったが、鶴姫は御三家紀州家へ輿《こし》入れしていた。綱吉の手が付いたうえに子まで産んだ。その功績で伝の実家は、武士身分でさえない黒鍬者から千石取りの旗本へと引き立てられている。伝にとって綱吉の寵愛《ちょうあい》だけが、一族の希望である。まちがえても綱吉に害をなすことはなかった。

「聞けば、台所役人が公方さまのお食事に毒を盛ったとか。なんでも甲府《こうふ》の恩を受けていた者だったそうじゃ……」

甲府とは綱吉の兄綱重《つなしげ》が創設した一門大名である。綱重が兄である四代将軍家綱に先んじて死んだため、五代将軍の座は綱吉に回った。長子相続、徳川家康《いえやす》が定めた祖法に従うならば、綱重の長男綱豊《つなとよ》に相続の順番が来る。ただ綱吉が、家康の曾《ひ》孫《まご》で綱豊はそれより一代血が遠くなるという理由で継承から外された。そのことに綱重の嫡男綱豊が不満を持っているのは、周知の事実であった。

「……御台さま」

宇治野が、将軍の甥《おい》を下手人として断じるような言動は控えるようにと、信子をたしなめた。

「事実であろう」

信子が不服そうな口調で言い返した。

「まあいい。表でさえそうなのだ。大奥はもっと面倒であろう」

「それは……さようでございまする」

否定できないと宇治野が同意した。

「食事よりも、女の身体は毒を盛りやすい。乳でも密かどころでも、毒を塗っておけば勝手に男が吸ってくれる」

「御台さま」

はしたないと宇治野が注意した。

「言いかたを換えても意味などなかろうが」

信子があしらった。

「はじめて公方さまと閨《ねや》を共にしたとき、驚いたぞ。口や乳を吸うとは、絵巻物で知っていたが、尿《いばり》を出すところまで、公方さまが口をつけられたときは、跳びあがったわ」

風呂で背中を流させるどころか、厠での始末でさえ女中にさせるのが当たり前である。五摂家や大名の姫に恥じらいという感覚は薄い。とはいえ、初めてのことに驚いたと言った。

「はああ」

淡々と言う信子に、宇治野が嘆息した。

「仰せのとおりでございまする」

「であろう。そのうえ、大奥のたちが悪いのは、食事と違って、女は毒味ができぬ」

「はい」

開き直った宇治野が、うなずいた。

「公方さまにお世継ぎがあれば、問題はない。妾と伝が交代で閨御用を続ければいい。途中で伝は、褥遠慮《しとね》となろうが、そのころには公方さまもそれほど大奥へお通いにはなるまい」

褥遠慮とは、おおむね三十歳をこえた側室や妾《めかけ》が、主人の閨に侍《はべ》るのを辞退することである。その理由は高年齢出産の危険を避けるためのものと言われていた。もっとも、最近は一人の女が寵愛を独り占めしないように、途中で身を退かせるのが目的となっていた。

しかし、側室は奉公人でしかない。当然ながら、主人が望めば、褥遠慮の時期はかなりずらすことができた。とはいえ、三十歳をこえて側室として閨に侍り続けると、次代の寵姫《ちょうき》を狙う女たちから「淫乱《いんらん》」という悪口を受けることになる。そうなれば、大奥での影響力は確実に落ちた。

側室は引き際も肝心であった。

「正室である妾は、褥遠慮はせぬが……身体が保《も》つか」

信子が嘆息した。

名門の娘にありがちな蒲柳《ほりゅう》の質を、信子もしっかり受け継いでいた。綱吉との仲も悪くなく、身体も重ねてきたが、子はできていない。

「妾の助けとなるような女をな」

「はい」

「そなたが閨に侍ればよいのだが……」

「わたくしはすでに三十路《みそじ》をこえておりますれば」

じっと見る信子に宇治野が苦笑した。

宇治野は京から信子の輿入れに供してきた。信子の世話と話し相手を務めるように、鷹司家と縁のある公家《くげ》の娘から選ばれた。慣例として、輿入れする姫の面倒を見られるようにと、歳嵩《としかさ》の娘が務めることが多く、宇治野も信子より五つ歳上であった。

「急いでくれるようにな」

「もう一度文を遣わしましょう」

宇治野が念を押すと告げた。

「で、どうだ」

なにがとは言わず、信子が訊《き》いた。

「伊賀者《いがもの》を退けたのは、どうやら山科《やましな》の局《つぼね》に属する別式女のようでございまする」

問われた宇治野が応《こた》えた。

「ほう。よくぞ調べたの。公方さまより、御広敷《ひろしき》伊賀者が大奥女中に襲われて怪我をしたらしいとお聞かせいただいてから、まだ十日も経っておらぬぞ」

信子が感心した。

「噂というのは、隠していても拡がるものでございまする。山科配下の別式女が、目の色を変えて天井を見あげながら、廊下を走りまわっていたのを見た者がいたようで」

別式女とは、男の入れない大奥の警固を担う女武芸者のことである。御家人の娘などで武術に秀でた者が多く、目通りはかなわない。火の番と呼ばれ、大奥を昼夜かかわりなく巡回した。警固を任とするが、さすがに床下や天井裏まで入りこむことはしない。又、廊下を走ることも許されていなかった。

「そうであるか」

満足そうに信子がうなずいた。

「しかし、山科といえば、先代家綱さまの御世のとき、礼儀指南役として京から大奥へ下った者であろう」

綱吉が将軍になるとともに、大奥へ入った信子は、主として目見え以上の女中たちの謁見を受けていた。上臈でも上席扱いとなる礼儀指南役である山科の顔はよく覚えていた。

「なぜに山科の局を伊賀者は探っておったのだ」

信子が首をかしげた。

「さすがにそこまではわかりかねまする」

「まあいい。それは御広敷伊賀者をお遣わしになった公方《くぼう》さまにお伺いすれば、わかることだ」

申しわけなさそうな宇治野へ、信子が気にするなと言った。

「ただ……」

「なんじゃ」

言いにくそうな宇治野に、信子が先を促した。

「山科には悪評がございまする」

「悪評……」

信子が不審な顔をした。

「吝嗇《りんしょく》というものでございまする」

「……無駄金を遣わぬということならば美徳であろう」

信子が口を挟んだ。

「それが部屋子の給金まで取りこんでしまうそうで。そこまでして残した金で、茶道具や小袖《こそで》などを買い入れていると」

嫌そうに眉根《まゆね》をひそめながら、宇治野が述べた。

「茶道具や小袖を買う……吝嗇とは対極のようじゃぞ」

信子が意味が通じないと言った。

「己の贅沢《ぜいたく》のために、金を遣うのは惜しまぬのでございまする。その代わり、御上から支給されている女中たちの米や薪《まき》を取りあげ、まんぞくに食事も摂らせぬそうでございまする」

「……非道な」

宇治野の話を聞いた信子が憤った。

「しかし、それだけで伊賀者を出すとは思えぬな」

「仰せのとおりでございまする。上臈が金をどうこうしているくらいで、公方さまが動かれるはずはございません」

宇治野も同意した。

「裏がある」

「…………」

信子の言葉に、宇治野が無言でうなずいた。

「直接の手出しを禁じる」

「なぜでございましょう」

手を引けと命じた信子に、宇治野が驚いた。

「伊賀者が傷を負わされるのだ。そのような闇に、そなたが挑めるわけなかろうが。妾《わらわ》は、神田館のころから仕えてくれているそなたを失いたくはない」

信子が真剣な声で述べた。

「なんとかたじけなきこと」

吾《わ》が身を案じてくれる主《あるじ》に、宇治野が感激した。

「聞き分けてくれるか」

ほっと信子が安堵《あんど》の表情を浮かべた。

「…………」

宇治野が頭を深く下げた。

二

医者というものは、日々研鑽《けんさん》しなければならない。病の診たては一様なれど、人は万態なのだ。同じ病でも、かかった人が、男か女か、若いか老齢か、痩《や》せているか、太っているかで、治療法が変わってくる。

「ずいぶん、身体に肉が付いてきたな」

御広敷番医師矢切良衛《やきりりょうえい》は、目こぼしで許されている自宅での診療で、診察に訪れた若い女の身体付きを見てほほえんだ。

「おかげさまをもちまして」

若い娘が礼を口にした。

「食欲はあるな」

「ありすぎて困るほどに」

確認した良衛に、娘が笑った。

「口を開けて舌を出して」

良衛が指示した。

「便はどうだ」

「どうだと言われましても……」

さすがに娘が恥じた。

庶民の厠《かわや》は、地面に埋めた瓶のなかに排泄物《はいせつ》を溜めるものがほとんどである。おまるでも使わないかぎり、便を見ることはできなかった。

「一日一度は出ているか。下痢ではないか」

「はい」

もう一度訊いた良衛に、娘が答えた。

「けっこうだ。では、薬を弱いものに変えてもよさそうだ」

良衛が診療録に筆を走らせた。

「一応、心の臓の音を聞かせてもらいたいが……」

「……はい」

伺いを入れた良衛に、娘が小さくうなずいた。

漢方では脈を重視する。手首で脈を取り、その間隔、強さ、乱れなどを診る。もちろん和蘭陀《オランダ》流医術でも、脈は大切な情報として扱う。だが、それ以上に、心音を重用視していた。脈はどうしても心臓よりも遠く、血の流れと大まかな心臓の動きしか摑《つか》めない。

人の身体で心臓ほど働きものはいない。この世に生を受けて、天寿を全うするまで一日どころか寸瞬でさえ、休まないのだ。ずっと脈を打ち、身体中に血液を行き渡らせている。心臓に異常が出れば、まともな生活ができなくなる。わずかに動くだけで息が切れる、めまいがするなど、心臓が原因で起こる症状は枚挙に暇がないほどあった。

「そなたは外に出ておれ」

良衛が弟子として押しかけてきた吉沢《よしざわ》へ命じた。

「拝見できませぬか」

診察の様子を見たいと吉沢が願った。

「男の患家のときに教えて遣わす」

娘の気持ちを考えた良衛は、拒否した。

「……はい」

残念そうに吉沢が出ていった。

「ど、どうぞ」

帯を緩め、襟元を大きくくつろがせた娘が、胸を晒《さら》した。

「失礼する」

良衛が右耳を娘の乳の間に付けた。

「ゆっくりと息をしてくだされ」

恥ずかしさで鼓動を速くする娘に、深呼吸を良衛は指示した。

「は、はい」

娘が良衛から顔をそらして、息を大きく吸った。

「…………」

しばらく良衛は耳を澄ませた。

「……けっこうでござる」

ゆっくりとたばこを一服吸うほどのときをかけて、良衛は娘の鼓動を聞いた。

「では……」

「着ていただいてけっこうでござる」

良衛の許可を得た娘がそそくさと身なりを整えた。

「心の臓に異常は見られませなんだ」

直接鼓動を聞いた良衛は、その音に濁りがないことを確認した。

「お薬もあと一ヵ月だけ飲んでいただきましょう。そののちもう一度診て、なにもなければ、終わりといたしまする」

「ありがとうございまする」

娘がほっとした顔をした。

「お大事になされよ」

良衛が娘の診療を終えた。

「……不思議なものだ」

薬の処方をしながら、良衛は頰に残る娘の体温に戸惑っていた。

「若い女でも、患者の乳には興奮せぬ。が……」

独りごちながら、良衛は妻ではなく別の女を思い出していた。

「患家の妻だったころは、さほど気にならなかったのだがな」

良衛の脳裏に浮かんだのは、幕臣伊田七蔵《いだしちぞう》の後家、美絵《みえ》であった。

微禄《びろく》の御家人だった伊田が労咳《ろうがい》にかかった。労咳は日に日に体力を失い、死に向かう不治の病であった。人に移すことも多く、忌避された。

薄禄で謝礼もまともに払えない伊田へ、往診する医者はいなかった。藁《わら》にも縋《すが》る思いで美絵が良衛のもとを訪れた。

「医者も人。霞《かすみ》を喰《く》って生きてはいけぬ。薬を出さずともよいならば、拝診しょう」

「お願いをいたしまする」

診療だけでよいならと言った良衛に、美絵が歓喜した。それから伊田七蔵が亡くなるまで二年、良衛は月に一度往診した。だが、薬も身体によい食べものも買えない伊田は回復することなく死去、そして家督は弟に行き、美絵は婚家を追い出された。さらに感染を怖れた実家からも戻ってくることを拒まれ、美絵は長屋住まいとなり、そこで良衛と再会した。夫を亡くしただけでなく、寄る辺も失った美絵のはかなさに、良衛は飲みこまれた。

典薬頭今大路《てんやくのかみいまおおじ》家の娘で、矢切家を奥医師にすることだけを夢としている妻にはない魅力を、良衛は美絵に見た。以降、良衛はときどき、美絵に労咳が発症していないかどうかを確認するという名目で、立ち寄っていた。

「吉沢。この薬を処方してくれるように」

「はっ」

良衛が処方箋《しょほうせん》を吉沢に渡した。

「……かなり変更なされたようでございますが」

吉沢が驚いた。

「よく見ているな。そうよ。患家の様子で細かく薬は変える。場合によっては、思いきった変更もせねばならぬ」

「西洋薬は、漢方よりも効能がよいと聞きまする。ゆえにあまり薬は変えないと伺っておりましたが……」

処方箋から顔を上げた吉沢が良衛を見た。

吉沢は、名前を竹之介《たけのすけ》という、御家人の三男である。

御家人の次男以下は哀れを極めていた。家は長男が継ぐ。分家させてもらえるだけの禄などない。一人喰いかねるくらいの禄を分割すれば、全員が飢える。家を継げる長男以外は、どうにかして生きていく道を己で探すしかなかった。竹之介は、六歳から剣術を始め、武で名をあげ、どこかに養子に迎えられるか、道場を持って独立するかを夢見ていた。しかし、剣術の才能がないことに気づき、あらたな道として医術を選び、良衛のもとへ弟子入りしてきた。

医者は誰でもなれた。それこそ、昨日まで大工をしていた男が、頭を剃《そ》って今日から医者だと言えば、それで通った。もちろん、患者が来るかどうかは別の問題である。

さすがにそんな無謀をする者はまずいない。医者になりたいと願う者は、まず有名な医師のもとへ弟子入りし、数年から十数年の修業を経て独立するのが普通であった。吉沢も、その伝に漏れなかった。

「なかなか熱心でけっこうだ」

弟子が疑問を持ったことに良衛は喜んだ。

「たしかに西洋の薬は、効能だけを見れば強い。だが、強いというのはかならずしもよいとは限らぬ」

「なぜでございましょう。薬が早く効くことはよろしゅうございましょう」

吉沢が疑問を呈した。

「きつすぎる薬は毒だ」

「毒……」

「そうだ」

良衛は腰を上げて、薬簞笥《だんす》の一つに近づいた。首にかけている袋から鍵《かぎ》を出し、引き出しを開ける。

「たとえば、これだ」

なかから白い結晶を良衛は取り出した。

「……」

食い入るように吉沢が見ていた。

「どうした」

良衛は問うた。

「その薬は先日、妊娠している商家の女房に遣った」

「覚えていたか。師杉本忠恵《すぎもとちゅうけい》先生よりいただいた南蛮薬の宝水《ほうすい》だ」

「眠り薬でございましたか」

ぐううと吉沢が首を伸ばした。

「近づくな。呼気がかかると変質する」

あわてて良衛が宝水を引いた。

「……申しわけございませぬ」

残念そうに吉沢が、もとの位置へ戻った。

「これは南蛮でも作り出されたばかりの薬で、効き目はすさまじい。この薬を飲ませて寝させれば、腹を切り裂いても目覚めぬという」

「そこまで……」

良衛の説明に、吉沢が驚いた。

「痛みを感じぬところまでいかせる薬だ。遣いすぎると息さえ忘れるらしい」

「息を忘れるなどございまするので」

吉沢が首をかしげた。

「と師より聞いた。師もこの薬を下さった長崎奉行さまより伺ったという。当然、長崎奉行さまは、薬を持ちこんだ和蘭陀人から聞かされたのでござろう。ようは又聞きだが、人でやってみるわけにもいくまい」

実地試験はできないだろうと良衛は述べた。

「対して漢方は、穏やかである。もちろん、薬だから、むやみやたらに遣っていいものではないが……」

良衛は漢方の長所を口にした。

「漢方と和蘭陀流。どちらにも利があり、欠がある。急がねばならぬときは、和蘭陀流のきつい薬がよいのは確かだ。だが、諸刃《もろは》の剣でもある。強い薬には、予期せぬ効能が出やすい。咳《せき》を止める代わりに、心の臓に負担をかけるなどな。一方、漢方は、あまりそういったものがない。まったくないとは言わぬが、少ない。効きが穏やかだからな。その代わり、長期の服用が可能だ。これは大きな利だ」

「長く飲ませることが利……薬料が多くなる」

「……それもある」

弟子の現金な答えに、良衛は苦笑した。

「長く飲めるということは、患者の体質を変えられる」

「体質を……」

「そうだ。体質を変えて、その病にかかりにくくする。あるいは、病にならないだけの体力をつける」

首をかしげた弟子に、良衛は教えた。

「病というものは、体質から起こりやすい。もちろん、生活の習慣からもなるがな。酒を飲み続ける。たばこを吸い続ける。淫《いん》に耽《ふけ》る。これらは皆、過ぎてはならぬ。どれも適量をこえれば、身体に害をおよぼすからな」

「たしかに」

吉沢が同意した。

「ただ、これらもやみくもに禁じればいいというものではない。酒を飲むな。たばこを吸うな。女を抱くな。どれも言うのは容易《たやす》いが、その影響は小さくない。たとえば、一日仕事に励んで、家に帰り、夕餉《ゆうげ》とともに少しの酒。これの効能は大きい。酒は、身体を温め、血の巡りをよくする。疲れた身体の隅々まで血が届けば、回復も早い。また、酒は眠気を誘う。ぐっすりと眠れば、疲れもとれる。これをむやみに禁じては、かえって悪くなりかねない。たばこも、女も同じ。禁じるのがすべて正しいわけではない」

言いながら良衛は、宝水を薬箪笥へ仕舞った。しっかりと鍵もかける。

「あっ今少し……」

手を伸ばしかけた吉沢が残念そうな声を漏らした。

「湿気てはならぬ」

良衛が首を振った。

「薬も指導も同じ。患家ごとに見極めて、最適な薬、量、指導をする。症状が変化したならば、すぐに応じて変えていく。これが医師の仕事である。患家と話をするのは、つまるところどのようなものでも、治療のため。ゆっくりと話をかわすことで、患家の日常を知り、人柄をわかる。そこまできて、ようやくまともな診療ができる」

「ずいぶんと手間がかかりまする。それでは、一日に診られる患者の数に限界が参りませぬか」

「くるな」

弟子の疑問に、良衛は首肯した。

「よろしゅうございますので」

さらに突っこんだ疑問を、弟子が投げかけてきた。

「医療はすべての人にひとしく。医は仁術である……とんだお題目だな」

良衛がはっきりと告げた。

「えっ……」

予想外の言葉だったのか、吉沢が驚いた。

「意外か。まあ、そう見えても無理はないか」

良衛が嘆息した。

「表御番医師をなさっておられるお方は、皆、金のない庶民を相手にいたしませぬ。大名や裕福な商人の出入りとなり、治療しなくても毎年決まっただけの手当をもらう。かといって出入り先の治療は無料ではなく、そのたびに莫大《ばくだい》な謝礼を請求する。屋敷へ治療を求めてくる患家の診療もしますが、薬代は高額。先生のような、庶民から只《ただ》にひとしい薬代しか求めないお方は……」

「珍しいと」

遠慮ない弟子に良衛は笑った。

「念のために言うが、愚昧《ぐまい》とて無料施術はせぬ。医者も生きていかねばならぬからな。これが先ほどの答えでもある」

「生活がかかっていると仰せで」

弟子が確認した。

「そうだ。薬の材料は無料ではない。施餓鬼《せがき》ならば、無料であろうが、愚昧は医者を生業《なりわい》としている。愚昧とその家族、弟子が医術でもらった報酬で生きている。薬代を払えぬ患家を救ったかわりに、愚昧や家族が飢えては本末転倒であろう」

「それはそうでございますが……」

まだ吉沢は不服そうであった。

「矛盾しているというのだろう。名医としての評判を取り、金持ちの患家を多く抱える。こうすれば、半年で屋敷と蔵が建つ。一年で家族が生涯飢える心配はなくなると」

「はい」

「それも医者の生き方には違いない。医者も商売だからな。医者になる目的が金儲《かねもう》けの者もいておかしくはない」

良衛は否定しなかった。

「愚昧はな、家が医者だったから、医者になった。いや、医者になりたかった。父の診療を見てきたからな。病が治って感謝される父の、何気ない風のなかに照れを見つけたとき、ああ、いいなと強烈にあこがれた」

思い出話を良衛はした。

「若かったというのもある。愚昧は、医は仁術だと思いこんでいた。医者は患者のために尽くすものだと理想をもっていた。そんな愚昧を叱ったのが、父だった。父は医者は坊主ではないと、施しで生きていけるものではないと言った。医者は薬を買わなければ、人を治す手段を一つ失う。無料で施術するのは、尊いように思うが、その実、効き目のある良薬を買う余裕を奪っているだけだとな。無料を続けて、薬を買えなくなり、治療できなくなった。結果、手遅れになった。そのときの責を誰に負わせるつもりだと訊《き》かれたときは、答えられなかった」

良衛は目を閉じた。

「医者は神ではない。すべての人を救うことはできない。ようやく愚昧は悟った。医者なんぞ、さしたる者でもない。どのつまりは、手の届く範囲しか治療できぬ。医術の押し売りなどなかろう。できる範囲で無理せず、続ける。それが、結局のところ、より多くの人を救うことになる。吉沢、そなた腹が空《す》いて倒れそうな痩《や》せ衰えた医者を信用できるか」

「できませぬ」

吉沢が首を振った。

「かといって肥え太っている医者も嫌であろう」

「はい。どれほど薬代を要求されるかと不安で」

問われた吉沢が同意した。

医者は僧侶《そうりょ》と同じで、その診察は施術扱いとなり、無料が基本である。では、医者の収入はといえば、出した薬の利鞘《りざや》と往診の駕籠《かご》賃や謝礼であった。どれも定価などないものばかりである。同じ薬でも医者によって値段が違っていた。良衛が出せば一日百文の薬も、岳父典薬頭今大路兵部大輔《ひょうぶだゆう》が処方すれば十両はした。

「そういうものだ」

良衛は話をまとめた。

「患家を待たせてはなるまい。次の方をお通ししてくれ」

「はい」

ちらと吉沢が宝水の入った薬簞笥《だんす》へ目をやったが、次の患者のことを考えていた良衛は気づかなかった。

三

幕府医官の最高位は典薬頭であった。戦国末期に活躍した天下の名医曲直瀬道三《まなせどうさん》の流れを汲《く》む今大路、半井《なからい》の両家が世襲した。

だが、典薬頭は将軍やその家族の診療にはかかわらなかった。典薬頭の仕事は、幕府医官の監督、幕府薬草園の管理だけであった。その理由は、両家の先祖を招いた徳川家康にあった。

長寿こそ、天下取りの道と考えていたかどうかは定かではないが、家康は健康に気を遣った。本草学を学び、漢方薬に精通した家康は、天下の名医を集めた。今大路も半井も、そうやって京から江戸へと居を移した。

「名医の跡継ぎ、かならずしも名人たらず」

医術が血筋によるものではないと知っていた家康は、名医を集めておきながら、代替わりによる劣化を避けようと考えた。

普通の医師たちは、親がどれほどの腕を持っていようとも、子供はいきなり将軍侍医にはなれず、幕府役人たちを診る表御番医師か、医術研鑽《けんさん》を旨とする小普請医師となる。そこで数を診て修業させられる。それでも、技術の進歩が見られなければ、医術不足として家禄《かろく》を没収された。

そう、幕府は、旗本に許した禄と身分の世襲を医師には認めていなかった。当然と言えば当然であった。名前だけで技術も満足でない医師に診てもらいたいと思う者などいない。

ただ、今大路、半井の両家だけは違った。身分が高すぎた。天皇の侍医になる家柄なのだ。そのあたりの旗本よりも格式はある。そこで、幕府は敬して遠ざけるとばかりに、今大路、半井の両家を典薬頭にし、役目を与えることで、臨床から外した。

「兵部大輔どの」

檜《ひのき》の間向かいの医師溜で、半井出雲守《いずものかみ》が今大路兵部大輔に声をかけた。

「なんでござる。薬草の配分ならば、年番方の貴殿のご随意に」

今大路兵部大輔が先回りをして答えた。

典薬頭は、今大路と半井の世襲である。ただ、その職制上、一年ごとに年番を務め、薬草園の管理運営、収穫物の配分を差配した。

今年は、半井出雲守が年番方であった。

「そうではござらぬ。貴殿の娘婿のことじゃ」

半井出雲守が、機嫌の悪い声で返した。

「娘婿……」

わからないと今大路兵部大輔が首をかしげた。今大路兵部大輔には三人の娘がおり、それぞれに嫁していた。

「おとぼけあるな。矢切良衛のことでござる」

「おお、矢切がどうかいたしましたかの」

今大路兵部大輔が尋ねた。

「表御番医師から御広敷番医師へと動かされた」

「たしかに」

堂々と今大路兵部大輔が認めた。

「それが、なにか」

わざとらしく今大路兵部大輔が、問うた。

「理由をお尋ねしたい。表御番から御広敷番へ異動させた理由を」

半井出雲守が言った。

「理由……はて」

今大路兵部大輔が右手を顎《あご》に当てた。

「おとぼけなさる気か」

半井出雲守が怒りを見せた。

「御広敷番は、大奥女中たちを診る。さようであろう」

「ござるな」

今大路兵部大輔が首肯した。

「矢切は、和蘭陀流外科術をもって、仕えているはず。和蘭陀流外科術が大奥女中たちに要るとは思えませぬぞ」

「みょうなことを仰せになる。外科術は、男であろうが女であろうが、要りようでございましょう。男だけが怪我をするわけではございませぬ」

言いがかりは止めてくれと、今大路兵部大輔が返した。

「……それでも、表よりは用はござらぬはず」

「それは大奥の衆が表よりも少ないからで、決して外科の需要が……」

事実に今大路兵部大輔の勢いがすぼんだ。

「のう、兵部大輔どの。我らは先祖代々のおつきあいでございますな」

「……いかにも」

急に声を変えた半井出雲守に、今大路兵部大輔が警戒した。

「和蘭陀流には、産科もござろう」

「なにをお言いになりたい」

言われた今大路兵部大輔が、半井出雲守を見た。

「大奥女中が懐妊いたしましたな」

予想外のことに、今大路兵部大輔が黙った。

「…………」

「お隠しあるな」

「なんのことでござろうや」

吾《われ》を取り戻した今大路兵部大輔が、述べた。

「大奥での妊婦は、奥医師が診るものでございましょう」

今大路兵部大輔が反論した。

奥医師とは、将軍とその家族だけを診る。奥医師の格は高く、表御番医師などを勤め上げ出世していくか、全国から集められた当代の名医と呼ばれる医師が任じられた。

将軍とその家族には、側室も含まれている。大奥で側室が妊娠したときは、奥医師が担当する慣例であった。

「奥医師を出すわけにはいかぬ相手でございましょう。上様が戯れに手を付けられた女中、身分低き者ならば、奥医師を向かわせることはできますまい。あるいは、子ができたことを隠したい女とかも」

半井出雲守が今大路兵部大輔を窺《うかが》った。

「なんと……」

そのうがった推察に今大路兵部大輔は驚愕《きょうがく》した。

「密《ひそ》かに女を診る。世間に上様とのかかわりを見せないためには、奥医師でなく御広敷番医師を使うのは当然といえば、当然。そして、矢切は御貴殿の娘婿。うかつなことを口走るはずもなく、密を守るには最適の相手。いかがでござろうか、愚昧《ぐまい》の考えは、外れてはおりますまい」

大きく半井出雲守が胸を張った。

「子ができたことを隠したい女というのはありえませぬな。大奥で上様以外のお胤《たね》はない。あってはならぬ。もし、そのようなことがあれば、女は密かに始末される。もし、それを許せば、大奥で生まれた子供は、すべて上様のお血筋、そう誇ってきた大奥の純潔が失われ、男子禁制の名分は有名無実となり、目付ら表役人の介入を招く。やはり、上様が戯れに手を出した目見え以下の女が孕《はら》んだと見るべきでござるな。お世継ぎの誕生という慶事を、独り占めなさるのはいかがかの」

「いや、それは違う」

的はずれな推測に、あわてて今大路兵部大輔が否定した。

「では、なぜ矢切を御広敷番へ」

「それは……」

今大路兵部大輔は黙った。

娘婿である良衛を御広敷番へ動かしたのにはわけがあった。

懐妊などというおめでたい話ではなかった。大目付松平対馬守《まつだいらつしまのかみ》、小納戸頭柳沢吉保《やなぎさわよしやす》をつうじて、将軍綱吉の命があったからであった。

大奥で御広敷伊賀者が傷を負わされた。

御広敷伊賀者は、大奥の警固を任とする。大奥女中たちの安全はもとより、通う将軍に魔の手が伸びないように防ぐのが仕事である。

その伊賀者が、大奥で襲われた。これがどれほど大事かは言わずともわかる。伊賀者を襲った者が、将軍に手出しをしないとの保証はないのだ。いや、将軍を襲うつもりで、邪魔者となる伊賀者の排除を謀ったと考えるべきである。

なれど、大奥は男子禁制であった。警固の御広敷伊賀者でさえ、天井裏、床下、物陰に潜み、姿を見せてはいけないのだ。探索のためとはいえ、目付たちを派遣することはできない。そこで、松平対馬守と柳沢吉保は、大奥へ堂々と入ることのできる医師に目を付け、良衛に白羽の矢を立てた。

良衛はかつて殿中であった大老堀田筑前守正俊《ほったちくぜんのかみまさとし》が、若年寄稲葉石見守正休《いなばいわみのかみまさやす》によって刺殺された刃傷に疑念を覚え、医者としての観点から真相を読み解いた。そのとき、良衛は松平対馬守に目をつけられてしまった。

医者で剣術も遣え、頭も切れる。松平対馬守は良衛を便利使いしてきた。事実、良衛のおかげで綱吉の毒殺が防がれたりしている。

大奥という表の権力が利かない女の城で、良衛ほど役に立つ者はいない。

そのような事情があっての異動である。実情を漏らすわけにはいかなかった。

「愚昧には教えられぬと」

「お考えのような事情はござらぬ。単に、矢切の修業のため」

今大路兵部大輔は、言いわけするしかなかった。

「さようか。まことに残念でござる。愚昧をご信頼いただけなかったとは。今大路家とは一門としてつきあって参りましたが、今日以降は敵でござる」

硬い声で半井出雲守が首を左右に振った。

「ちと所用がござれば、これにて」

「あ、出雲守どの」

止めようとする今大路兵部大輔を無視して、半井出雲守が医師溜を出ていった。

「面倒なやつじゃ。かかわりにならずともよいならば、そのまま知らぬ顔をしていればよいものを。なんでも口を突っこみたがる。典薬頭の筆頭になりたいのだろうが、そんなものなんの役にも立たぬではないか。すでに、我らは将軍の治療から外されて久しいのだぞ」

一人残された今大路兵部大輔が嘆息した。

「しかし、大奥で上様のお胤が……矢切を儂《わし》が御広敷番へやったことを、そういう風にうがった見方をする者がいるとは……」

今大路兵部大輔が、考えこんだ。

「まずいな」

苦く今大路兵部大輔が顔をゆがめた。

典薬頭は、法印の地位を持つことからもわかるように、僧侶《そうりょ》と同じであった。今大路も半井もそれを世襲してきている。しかし、世襲するには、医術の心得が要った。当たり前の話である。医者でもない者に、典薬頭が務まるはずはないからだ。

では、典薬頭が務まらないとすればどうなるか。今大路家は千二百石の旗本である。典薬頭を外されても、禄《ろく》は取りあげられない。だが、失うものは大きい。

典薬頭は医師の総まとめ役である。奥医師を始め、表御番医師などを任命する権利を持つ。また、薬草園を支配しているおかげで、江戸の薬の流通にも影響力を発揮できる。そして、弟子を集め、医術伝承をおこなえる。

これらすべてが、余得に繋《つな》がった。

医師になるのに、幕府の許可などは要らない。誰でもできるだけに、評判がなによりも大きな看板となった。無名の医者に患者はこない。そこで幕府の医者だという看板を欲しがる者が出てくる。幕府医師の任命権を持つ典薬頭に、金を渡して奥医師とまではいわないが、小普請医師、あるいは表御番医師という名前をもらおうと考える。

つぎの薬も同じである。典薬頭ご推薦、あるいは幕府薬草園収穫という飾りが欲しい薬問屋や、己の店で扱っている薬を有名なものにしたいからと、典薬頭の名前を遣いたがる者が、賄賂《わいろ》を包んでくる。

最後の弟子もそうだ。弟子は師匠に束修という名の謝礼を払う。そのうえ、弟子は雑用に使える。屋敷の掃除、使い走りなどをさせても文句は言われない。弟子がいれば、小者《こもの》や中間《ちゅうげん》をそれほどたくさん雇わなくてもすむ。

とはいえ、これらすべては典薬頭だからこそ得られる余得なのだ。典薬頭でなくなったとたん、推挙を求める医師、縁故を願う薬問屋からの付け届けは絶え、弟子はいなくなる。

今大路も半井も、典薬頭だからこそ、禄相応以上の生活ができている。役目から外れた途端、生活に窮することはないが、今までどおりの贅沢《ぜいたく》はできなくなる。一度覚えた贅沢を捨てるのは辛《つら》い。

「矢切の使い方を考えねばならぬな」

今大路兵部大輔が、呟《つぶや》いた。

四

御広敷は、江戸城の中奥《なかおく》にあって、将軍の私《わたくし》を司る。そして私のさいたるもの、閨《ねや》である大奥も担当した。

「おはようござる」

非番明けの朝、良衛は御広敷番医師溜《だまり》へと顔を出した。

「おう、矢切どの。お早いの」

挨拶《あいさつ》を真っ先に返してくれたのは、同僚の中条壱岐《ちゅうじょういき》であった。

「朝餉《あさげ》を食ってしまえば、することもござらぬで」

良衛がおどけた。

「たしかにの」

若い中条壱岐もほほえんだ。

「さて、昨日はいかがでございましたかの」

用意されている鉄瓶から、白湯《さゆ》を湯飲みに注ぎながら良衛が問うた。

「昨夜は二度でございました」

二度大奥へ呼び出されたと中条壱岐が述べた。

「どのようなものでございましたか。診断と処置と、予後をお教え願いたい」

良衛は訊《き》いた。

病というものは、一度で治るとは限らない。再発も多い。なにより、表御番医師が応急手当のみであるのに対し、御広敷番医師は治療が終わるまで診なければならない。これは、表役人が、いつでも自家出入りの医師に診療を求められるのに反して、大奥女中は終生奉公で、外に出られないからであった。

「一人は風呂場《ふろば》のすのこに足の指を引っかけて、捻挫《ねんざ》した者でござる。指の筋を整えた後、晒《さらし》を裂いた紐《ひも》で固定いたしましてござる。血も出ておりませなんだゆえ、安静にしておくよう指示、うまくいけば五日ほどでよくなりましょう」

「お見事なる施術」

良衛が褒めた。

「これも戦場以来というやつでございますな」

中条壱岐が胸を張った。

堕胎で名を売った中条流は、越前《えちぜん》の武将中条帯刀《たてわき》によって編み出された金創術を祖としている。それが乱世の終了とともに、外道と産科を得意とする医術へと変化した。

「もう一人が……」

少し中条壱岐が口ごもった。

「いかがなされた。難しい病でござったか」

良衛は緊張した。

「いいえ。仮病でござる」

「仮病……」

中条壱岐の言葉に、良衛は驚いた。

「さようでござる。夜中、癪《しゃく》が出たとのことで、赴きましたところ、ここが痛いと拙者の手を不埒《ふらち》な場所へ持っていきまして」

「不埒な場所……陰部でござるか」

「………」

黙って中条壱岐が首肯した。

「そのようなまねを、する者がおるとは……」

良衛はあきれた。

「めずらしくはございませぬぞ」

中条壱岐が声をひそめた。

「なんと……」

「とくに拙者は産科で御広敷番医師を務めておりますゆえ、宿直《とのい》のおりにはままござる」

「むうう」

良衛はうなった。

中条壱岐は、良衛よりかなり若い。名前からもわかるように、中条流の正統な継承者で、血筋もいい。なにより、中条壱岐は禿頭《とくとう》の似合う好男子であった。

「呼びつけては、乳が痛いのでもみほぐしてくれとか、陰部のなかがおかしいので指で探ってくれだとか……」

大きく中条壱岐がため息を吐いた。

「御上に知られれば、不義密通扱いでございましょうに」

「はい。それに巻きこまれてはたまりませぬ。なんとか中条流の汚名を返上し、隆盛をと願い、伝手《つて》を頼ってようやく御広敷番医師になれたのでございまする。そのようなことで、努力をふいにいたしたくはございませぬ」

中条壱岐が強く言った。

「……………」

良衛は返答に困った。

中条流は産科と外科を得意とする。だが、世間での評価は違った。中条流は堕胎の術と捉《とら》えられていた。

たしかに、中条流の看板はそのほとんどが、月水早流しと書かれている。月水とは、「月のものを見ず」に引っかけたもので、妊娠状態を指す。そして早流しとは、そのとおり胎内の子供を流すことをいう。

産科から転じたもので、やむを得ないところもあるが、中条流を標榜《ひょうぼう》するほとんどの町医者が堕胎を専門としている。といっても、女の身体のなかへ、水銀を流しこむという危険きわまりない方法で、堕胎するのだ。母胎に影響がでないはずなどない。薬が効きすぎて、母体ごと亡くなる、あるいは二度と子を産めなくなるなど、弊害も多い。

中条流の評判は最低と言える。その名誉回復を願って創始中条帯刀の子孫、壱岐は努力していた。その努力を無にするどころか、患者に手を出すなどやはり中条流はだめだという烙印《らくいん》を押《お》されかねない行為に、中条壱岐が憤るのは無理もないことであった。

「女中の名前を教えていただけましょうや」

「火の番の梓《あずさ》という者でござる」

「……火の番」

良衛は絶句した。

火の番は大奥の警固を担当する女中であった。雑用係のお末よりも身分は上だが、目見えはできない。武芸をもって仕え、大奥の火の用心と治安維持を担当した。

「大奥の風紀を守るべきでございましょうに」

「でございますが、この手のは火の番が多いのでございますよ。なにせ、火の番は、他人目《ひとめ》のないところをよく知っておりますゆえ」

大奥を巡回しているのだ。どこの部屋が空いているかなど重々承知している。

「しかし、なぜそのようなことを」

「金がないからでございましょう」

首をかしげる良衛に、中条壱岐が述べた。火の番は下から数えて三番目という身分低い役目である。切米《きりまい》五石、合力金《ごうりき》七両、二人扶持《ぶち》の禄《ろく》では、食べていくには困らないが、とても衣服や簪《かんざし》などの小間物を購《あがな》える余裕はない。

「金がないゆえ、着物や食いものに満足できず、女だけの大奥で溜《た》まったものを、拙者で発散しようとしておるのでしょう」

「なるほど」

「医師としては、患家の心の負担はできるだけ軽くしてやりたいとは思いまするが、かといって……患家とそういう関係になるのは医師の道徳に反しましょう」

中条壱岐が情けない顔をした。

「たしかに、父より教えられました。医師は患家を口説いてはならぬと。患家にしてみれば、治療を願っているだけ、立場が弱く、嫌でも拒めない。それは刃物で脅して女を犯すのと同じだと」

「さすがでございますな」

良衛の父を中条壱岐が褒めた。

「ところで、貴兄に無体をしかけてくるのは、一人だけでございまするか」

「いいえ。他にも何人か」

中条壱岐が、嫌そうな表情をした。

「御広敷番頭どのにお報《しら》せしては」

女中の名前を挙げて、御広敷番頭から大奥へ苦情を言ってもらってはどうかと、良衛は提案した。

「……できませぬ」

力なく中条壱岐が首を左右に振った。

「大奥女中を訴えた者が、御広敷におれようはずがありませぬ」

「むう……」

中条壱岐の返答に良衛はうなった。

どこでもそうだが、集団というのは、内で争っていても、外からの介入には手を組んで抵抗する。火の番のことを嫌っている大奥女中でも、御広敷番から綱紀粛正を注意されると反発して、身内の援護に回るのが普通である。とくに大奥という外部との交流が制限されたところである。内部の結束は固い。まちがいなく火の番の行為を密告した中条壱岐への風当たりは強くなる。

「ようやく手にした御広敷番医師の地位でござる。先祖の名前を輝かしいものに戻すまでは、なにがあっても耐えねばなりませぬ」

決意の籠《こ》もった声で中条壱岐が宣した。

「復権と言われるが、どうやって」

良衛は訊《き》いた。

「上様のお子さまを取りあげる」

中条壱岐が野望を口にした。

「それは奥医師の仕事でございましょう」

良衛が口を挟んだ。将軍とその家族を診るのは、基本、奥医師である。

「奥医師に手の施しようがないときは、世間の医師を求められると聞きまする」

中条壱岐が述べた。

これも確かであった。いや、当たり前の話であった。将軍とその家族である。なにがあっても治さなければならない。奥医師は優秀だが、万病に精通してはいない。なかには、どうしようもない病もある。そのとき、格式にこだわっていては、手遅れになりかねない。そのため幕府は全国の医師たちの評判を集めていた。

「しかし、奥医師の産科である涌本梅玄《わくもとばいげん》どのは、産科の経験もお深いと聞いておりまするぞ」

良衛は中条壱岐を見た。

「……………」

中条壱岐が、あたりを見回した。溜《たまり》の反対側で、二人の医師が喋《しゃべ》っているだけであり、こちらに聞き耳を立てている者はいなかった。

「湧本どのの産科は古いのでござる」

声をひそめて中条壱岐が言った。

「古い」

「いかにも。湧本どのの産科は、丹《に》氏の流れを汲《く》む古流でございましてな。普通分《ぶん》娩《べん》ならば手慣れておられるが……」

中条壱岐が最後をごまかした。

「貴殿は、異常分娩に慣れていると」

「慣れてはおりませぬよ。そうそう逆子やへその緒絡みなどありませぬ」

良衛の確認に、中条壱岐が苦笑した。

「では……」

「長崎で、和蘭陀人医師から、産科を学んだのでござる」

「……和蘭陀人医師」

良衛が身を乗り出した。

医者にとってなにが欲しいといって、新知識に勝るものはなかった。とくに杉本忠恵から和蘭陀流外科術を学んだ良衛にとって、和蘭陀人医師から学ぶのは夢であった。

「長崎へ行かれたのでござるか」

さらに良衛は中条壱岐に迫った。

「お、落ち着かれよ」

中条壱岐が手を上下に振って、良衛を宥《なだ》めた。

「いや、失礼をいたした」

良衛がさがった。

「長崎に半年ほどですが、遊学いたしておりました。もう、三年ほど前のことになりましょうか」

「どのような町でございましょう」

京には修業のために行ったことのある良衛だが、長崎はまったくの未知であった。

「小さな、山に囲まれた町でございますよ。それが町人地と出島《でじま》に分かれておりまして……」

中条壱岐が語った。

「で、出島には和蘭陀人が何人か居留しておりましてな。その長がかぴとーると呼ばれておる商館長で、かなり偉い御仁のようでござった。出島には、商館長以下の食事の世話をする専属の料理人と髪結い、そして医師がおりまする」

「その医師から……」

「さようでございまする」

「長崎に行けば、和蘭陀人医師の教えを受けられる」

良衛が勢いこんだ。

「そう簡単ではございませぬ」

熱くなった良衛に、中条壱岐が水をかけた。

「えっ……」

「和蘭陀人との交流は許されておりませぬ」

「あ、ああ」

言われて良衛も気づいた。幕府はキリスト教を禁じるため、国を閉じている。かろうじて清《しん》と和蘭陀だけは長崎での交易を認められているが、一般人が異国の者と交流するのを見逃してはくれなかった。

「貴殿はどうやって……」

「…………」

はっきりと中条壱岐の表情がゆがんだ。

「いや、無理にお教えいただかなくとも……」

良衛は詫《わ》びた。

「かまいませぬよ。金でござる。長崎の役人たちに相応の謝礼を渡しました」

ゆがめた顔のままで、中条壱岐が答えた。

「賄賂《わいろ》でござるか」

「さよう。長崎奉行、手代、そして長崎会所の者に金を包みましてござる。中条帯刀以来の家宝がすべて消えました」

「…………」

良衛は黙るしかなかった。

「長崎は甘くございませぬ。いや、江戸より和蘭陀には厳しいかと」

「和蘭陀に厳しい」

「はい。それについては口にいたしかねまする。拙者が実際に見た話ではございませぬ。噂に聞いた話でござれば……」

理由を中条壱岐は言わなかった。

「けっこうでござる」

良衛は了解した。

「ただ和蘭陀人医師に教えを乞《こ》う機会があれば、逃されてはなりませぬぞ。費用のこともあり、半年しかおれませなんだので、産科以外のことを学ぶ余裕はございませんでしたが、外道や本道の話を聞けなかったのが、まこと無念でございまする」

ゆっくりと目を閉じた中条壱岐が思い出すように述べた。

「いや、話しすぎました。では、拙者は下城いたしまする」

宿直《とのい》番の翌日は非番である。中条壱岐が、夜具や弁当などを抱えて、医師溜を出ていった。

「……長崎……行ってみたい」

見送った良衛は、呟《つぶや》いた。

五

大目付に仕事はない。幕府がかつてのように大名を潰《つぶ》さなくなったからである。

今や大目付は、長く役目を務め、それなりの功績を重ねてきた老練な高禄《こうろく》の旗本に与える引退への花道と化していた。

「これは、対馬守どの」

廊下で行き違った土佐の国主山内土佐守《やまうちとさのかみ》が、道を譲って軽く黙礼をした。

「…………」

それに応《こた》えず、松平対馬守は廊下を進んだ。

「おはようございまする」

「…………」

上杉弾正大弼《うえすぎだんじょうだいひつ》の挨拶《あいさつ》も無視して、松平対馬守は城中を巡回する。

松平対馬守が一日二度、朝と夕に繰り返している日課であった。

「今日も城中はこともなしだの」

巡回を終えて、大目付の詰め所である芙蓉《ふよう》の間に戻った松平対馬守が、ほっと息を吐いた。

「ご精が出られるの」

「まったくじゃ」

芙蓉の間に帰ってきた松平対馬守を、同役の大目付が嫌味で迎えた。

大目付は、老中支配、役料千俵で布衣格を与えられた。大名と参勤交代をする交代寄合の旗本を管轄するだけでなく、道中奉行、鉄炮改《てっぽう》、宗門改を支配下に持つ。幕初は、惣《そう》目付、大監察などと呼ばれ、多くの外様《とざま》大名を取り潰した。百万石の前《まえ》田《だ》、七十万石の薩摩《さつま》でも遠慮しなければならない大目付が、閑職になったのは、慶《けい》安《あん》の変、世に言う由井正雪《ゆいしょうせつ》の乱によった。大名を取り潰すことで巷《ちまた》にあふれた浪人が、事件の原因と悟った幕府は、大きく方針を転換した。大名をできるだけ潰さない方向へ舵《かじ》をきった。おかげで、大目付は名ばかりの役目になった。

「しかし、一人勝手なまねをなさるのは、いかがかの」

「目立って、より出世を願っておられるのだろうが……」

「我ら大目付は、上がり役じゃ。これ以上はござらぬ」

芙蓉の間の火鉢付近で談笑していた大目付たちが、悪口を吐いた。

松平対馬守は、同役たちを相手にしなかった。

「お一人違っているとお思いらしい」

「群鶏の一鶴のおつもりか」

口調が尖《とが》り始めた。

「…………」

人は他人の出世を羨《うらや》む。それがひいては目立つ者を排除する形になる。大目付になるほど熟達した役人だった者たちが、松平対馬守を孤立させようとしていた。

「皆、お止めなされ。無駄なことをなさっておられるのだ。ご随意にと……な」

もっとも年長の大目付が、一同を宥《なだ》める振りで松平対馬守を馬鹿にした。

「いかにも」

「さようでござるな」

一同が賛同した。

「対馬守さま」

芙蓉の間の襖《ふすま》が少し開き、お城坊主が顔を出した。

「なんじゃ」

松平対馬守が、顔を向けた。

「御小納戸頭の柳沢さまが、お話をと」

お城坊主が用件を述べた。

「柳沢どのがか。わかった。どちらだ」

すぐに松平対馬守が応じた。

「御小納戸の柳沢といえば……」

最長老の大目付が、表情を硬くした。

「あの堀田筑前守が殺された殿中刃傷の日の対処で、上様のお気に入りとなった……」

白髪の大目付が告げた。

貞享《じょうきょう》元年（一六八四）八月二十八日、大老堀田筑前守が御用部屋前の畳廊下で刺殺された。殿中をひっくり返すほどの大事件は、下手人である若年寄稲葉石見守がその場で討ち取られたことで終息した。だが、ことがことである。将軍綱吉に報告をしなければならない。そこで老中大久保加賀守《おおくぼかがのかみ》が、御座の間にいた綱吉のもとへ向かった。その大久保加賀守を柳沢吉保が止めた。ことの重大さに、小姓たちは大久保加賀守をそのまま通したが、大久保加賀守の手には、稲葉石見守を討ち取った懐刀が血まみれのまま握られていたのだ。

「御前でござる。抜き身を捨てられよ」

血相を変えた老中を、御座の間にいたなかで柳沢吉保だけが制した。

これが綱吉の目に留まり、それ以来寵愛《ちょうあい》を受けていた。

「どういう関係がある。小納戸と大目付では、役目柄のつきあいはないぞ」

先任の大目付が疑問を口にした。

「さて」

「個々のつきあいがあるとも思えませぬな。対馬守は三千石、対して小納戸はせいぜい六百石、身分はとてもつりあいませぬ」

白髪の大目付も首をかしげた。

「上様が寵臣《ちょうしん》を使って大目付に命を下されるならば、対馬守ではなく、もっとも在任の長い儂《わし》に来るべきである」

「さようでござる」

「御説のとおり」

一同が迎合した。

「お城坊主を呼べ」

「承知」

どこでも先達は立てねばならぬ。先任の大目付に言われた白髪の大目付が立ちあがった。

「ごめんを」

呼び立てられたお城坊主が、恐縮しながら芙蓉の間に入ってきた。

お城坊主の身分は低かった。目見えはもちろん、士分でさえない。それがお歴々たる大目付のなかに呼びつけられたのだ。緊張して当然であった。

「聞きたいことがある。先ほど対馬守が柳沢より呼ばれていたようだが……」

「はい」

お城坊主が認めた。

「柳沢は、対馬守と指名したのか。大目付の誰かではないのか」

「ご指名でございました」

先任の大目付がした質問をお城坊主は否定した。

「あの二人にかかわりはあるのか」

「…………」

次の質問に、お城坊主は返答しなかった。

「どうした……かかわりあるのだな」

沈黙は肯定である。大目付の表情が変わった。

「どのようなかかわりだ」

「…………」

続けて出された質問にも、お城坊主は沈黙を守った。

「申せ。申さぬか」

大目付が苛《いら》ついた。

「……………」

「お城坊主の一人くらい、儂の一言で潰《つぶ》せるのだぞ」

無言を続けるお城坊主に、大目付が言い放った。

「どうぞ」

ようやくお城坊主が口を開いた。

「なにっ」

「どうぞ、お潰しくださいませと申しました」

驚く大目付に、お城坊主がもう一度言った。

「脅しではないぞ。儂にはそれだけの力がある」

「ですから、ご存分に」

お城坊主は平然としていた。

「こやつ……憎い奴じゃ。目にもの見せてくれるわ。お城坊主の支配は、若年寄だったな。若年寄といえども大名、大目付の意向を無下にはできぬ」

大目付が述べた。

「その代わりお覚悟を」

「なんの覚悟だ」

お城坊主の言葉に、大目付が不思議そうな顔をした。

「すべてのお城坊主を敵に回すお覚悟でございまする」

「ふん。お城坊主などという小者を敵にしたところで、痛くも痒《かゆ》くもないわ」

大目付がうそぶいた。

「茶も飲めず、用事も頼めず、案内さえされない。今日から、ここにおられるお方は、すべての雑用をお一人でなさることだ」

お城坊主が開き直った。

「御老中の呼び出しも、伝える者がいなければ……」

「なんだと」

大目付が目を剝《む》いた。

老中の呼び出しに遅れる、あるいは応じない。幕府の役人すべてを束ねる老中の機嫌を損ねることが、どれほど危険か、大目付まで来る者にはすぐわかる。

「そのようなまねをしてみよ、そなたたちお城坊主が咎《とが》めを受けるだけじゃ」

「はたしてそうでございましょうか」

お城坊主が余裕の笑いを見せた。

「ご老中さまとて人、腹も減れば喉《のど》も渇く、小便にも行く。そのすべてを司《つかさど》っているのが、我らお城坊主。お城坊主なくして、城中の雑用は動きませぬ」

「くっ」

そのとおりであった。先達の大目付が唇を噛《か》んだ。

「御用は、以上のようでございますので、これにて」

嘲笑《ちようしよう》を浮かべたお城坊主が、腰をあげた。

「ま、待て。どうすれば教えてもらえる」

大目付がお城坊主を止めた。

「言わねばおわかりになりませぬか」

お城坊主があきれた。

「出世ならば、口添えをしてやろう」

「ご冗談を。お城坊主に出世は無縁でございまする」

同朋頭《どうぼう》というお城坊主の組頭はいたが、禄高《ろくだか》が少しあがるていどで、世襲制でもない。お城坊主を権力で抑えつけようとした大目付に媚《こ》びを売って組頭になったなどと知られれば、それこそ組内でどのような悪評を受けるかわからない。特殊な役目だけに、仲間内からはぶかれるのは、なにをおいても避けなければならなかった。

「か、金か。いくらあればいい。二分か、一両か」

「ふん」

大目付が口にした金額に、お城坊主が鼻先で笑った。

「足りぬと申すか」

「対馬守さまならば、その十倍はくださいまする」

「なんだと」

お城坊主の言葉に大目付が反発した。

「あのお方は、噂の力をご存じで」

「噂の力だと……」

「おわかりになられぬようで。無駄なときでございました。ごめんを」

疑問を浮かべた大目付たちを無視してお城坊主が出ていった。

「…………」

大目付の控え室に沈黙が残った。

第二章　治療の裏

一

柳沢吉保は、小納戸頭である。

小納戸は将軍の日常生活を担当する。食事の用意、居室の掃除、着替えの世話、夜具の準備など、それこそ丸一日側に仕えた。

身分は小姓番よりも低いが、心遣いの出来不出来を直接将軍に見られることから、気に入られれば寵臣《ちょうしん》となって、望外の出世を遂げる者も出た。

綱吉最大の寵臣堀田筑前守が横死した後、新たなお気に入りとして、柳沢吉保が選ばれた。さすがに綱吉の目に留まってまだ日が少ないため、目立つ出世を遂げてはいないが、これから先、大きく伸びていくのはまちがいないと衆目は一致していた。

その柳沢吉保と閑職の大目付松平対馬守が、黒書院溜で密談していた。

「お呼び立ていたしまして」

身分からいけば、柳沢吉保が下になる。下座に控えた柳沢吉保が詫《わ》びた。

「いや、お気になさらず」

いずれは執政と目されている柳沢吉保である。大目付とはいえ、気を遣っておくにこしたことはない。松平対馬守が手を振った。

「あまりときもございませぬゆえ、早速に。大奥はいかがでございましょう」

断りを入れた柳沢吉保が訊《き》いた。

「まだなんの報告も、医師から来ておりませぬ」

松平対馬守が首を左右に振った。

「……よろしくございませぬな」

柳沢吉保が難しい顔をした。

「上様が大奥へお入りになれませぬ」

「…………」

叱られたように松平対馬守が渋く眉間《みけん》にしわを寄せた。

「御広敷伊賀者を傷つけた者が、上様を害さないとは思えませぬ」

柳沢吉保の危惧《きぐ》に松平対馬守が同意した。

「たしかに」

「それがわかっていながら……」

咎めるような目つきで、柳沢吉保が松平対馬守を見た。

「医師でもそうそう大奥へは入れぬ」

松平対馬守が言いわけをした。

良衛を見いだした松平対馬守は、己の出世に使える道具とした。それが綱吉の知るところとなり、今回の一件に良衛を差し出すことになった。

「それをなんとかしてくださるのが、対馬守さまのお仕事でございましょう」

すべてを押し被《かぶ》せようとする柳沢吉保に、松平対馬守が反発した。

「無茶を言うな」

「大奥は大目付の管轄ではない。留守居《るすい》の支配下にある。留守居と大目付では、留守居が上になる。横車は押せぬ」

留守居は旗本の就ける役職としては最高峰であった。その名のとおり、将軍が出陣などで留守した居城を預かる。いわば、将軍の代理である。大目付が顕職とはいえ、勝負にはならなかった。

幕府の職制にかかわることだけに、柳沢吉保も反論できなかった。

「しかし、このまま上様が大奥へお入りにならられぬとなれば……いや、お通いになられても御台所さまとお伝の方さまだけしかお相手になされませぬ。これでは……」

「…………」

「お世継ぎさまができぬ」

「……さようでござる」

松平対馬守の言葉に、柳沢吉保が首肯した。

「上様は、大奥以外に閨《ねや》をお持ちになれませぬ」

「わかっている」

苦い顔で松平対馬守が認めた。

次の将軍は、将軍の血を引いた者でなければならない。これが徳川の不文律である。事実、二代秀忠《ひでただ》は初代家康の三男、三代家光は二代秀忠の次男、四代家綱は三代家光の長男、そして五代綱吉は三代家光の四男であった。

そして五代綱吉に、世継ぎはいない。いたがすでに死去していた。となれば綱吉は、新たな世継ぎを儲《もう》けなければならない。とはいえ、どこの女でもいいとはいかなかった。将軍の正統性を疑われるかも知れない女は駄目なのだ。

将軍の正統性、それはかならず綱吉の子供であると証明できるかどうかである。その点、大奥は綱吉以外の男を認めていない。無条件で大奥女中が産んだ子供は、綱吉の血筋とされる。だが、外は論外であった。

綱吉は家臣の屋敷へ遊びに行くことを好んでいる。巻狩《まきがり》や寛永寺、増上寺などへの参拝もする。その途中でお気に入りの家臣の屋敷に立ちより、休息する。そこで女を抱くこともあった。しかし、それで女が懐妊しても、血筋とは認められなかった。大奥と違って、他の男を完全に防いでいるという保証がなされないからだ。それこそ、己の子種を仕込んだ女を綱吉の枕頭に侍らせ、できた子供を御連枝《ごれんし》だと言い出す輩《やから》が出てもおかしくはない。

もし綱吉が、外で抱いた女の子供を吾《わ》が子と認知しても、将軍にすることはできなかった。さすがに御三家や老中たち周囲が許さない。万が一でも、将軍の血を引いていないかも知れない子供を主君と仰ぐわけにはいかない。そんなことが明るみに出れば、徳川幕府が揺らぐ、どころか倒れかねない。まず、御三家が兵を挙げる。吾《われ》こそ、神君家康公の血筋を受け継ぐ者、将軍たる資格ありと声高に宣し、与力する大名を求める。呼応する大名も必ず出る。とくに外様が黙っていない。与《くみ》した御三家が勝利して将軍になれば、外様から譜代へ席替えできる。まちがいなく、天下は大乱に落ちる。

「ならば……」

「わかった。矢切を急《せ》かそう」

松平対馬守が嘆息した。

「ただ、矢切を大奥へ入れる名分が欲しい」

「名分……」

「そうだ。矢切は医者だ。それも外道のな。外道の医者が毎日のように大奥へ入ってもおかしくない理由を作っていただきたい」

松平対馬守が要求した。

「作っていただきたい……上様にお願いを」

鋭く柳沢吉保が悟った。

「いかにも。上様から御台所さまあるいはお伝の方さまにお伝えいただければ……」

「むうう」

家臣が主君に雑用をさせる。柳沢吉保が唸《うな》った。

「でなくば、ときをかけるしかなかろう」

松平対馬守も遠慮をなくした。

「お伺いいたしてみまするが、お聞き届けいただけぬやも知れませぬぞ」

「わかっておる。だが、それをどうするかは、御貴殿のご器量でござろう」

今度は松平対馬守が、柳沢吉保を見た。

「……ごめん」

返答せず、柳沢吉保が席を立った。

「まだ青いな」

見送った松平対馬守が嘆息した。

格下が先に出ていくのは礼に反している。松平対馬守の挑発に、柳沢吉保が反応してしまった証拠であった。

「互いに利用し合う仲だとわかっているだろうに……」

松平対馬守が独りごちた。

「見いだしていただいたこともあるが、柳沢は上様大事に偏りすぎている。一代の寵臣《ちょうしん》にはなれるだろうが、その栄を子孫へ受け継いではいけぬな。上様のお血筋以外が六代さまとなったとき、真っ先に排除されよう」

ゆっくりと松平対馬守が立ちあがった。

「武家の本分は、主君への忠義ではない。家を大きくして、子孫へ受け継いでいくことだ。それをまちがうなよ、柳沢。あつっ」

呟《つぶや》いた松平対馬守が、腰に手を当てた。

「そろそろ矢切から薬をもらわねばならぬな。薬代も馬鹿にならぬ。矢切に出させれば、礼金も要らぬ」

世知辛いことを言いながら、松平対馬守が黒書院溜を後にした。

松平対馬守と別れた柳沢吉保は、御座の間へと戻った。

「…………」

無言で一礼し、御座の間下段、上段敷居外に座った柳沢吉保へ、綱吉が声をかけた。

「吉保、なにかあったのか」

「……はい」

うつむきながら、柳沢吉保が答えた。

「茶を用意いたせ。皆の者は遠慮せよ」

綱吉が柳沢吉保には茶の点前を、他の小姓と小納戸には他人払《ひとばら》いを命じた。

「はっ」

「…………」

一礼して小姓たちが御座の間を出ていき、柳沢吉保が御座の間奥の控えへと移った。

火災の原因となる炉は、将軍御座の間には切られていない。柳沢吉保は、隣室で茶を点《た》て、それを綱吉の前へと運んだ。

「いただこう」

軽く頭を傾けて受け取った綱吉が、作法どおりに茶を喫した。

「なかなかの点前であった」

「畏《おそ》れ入りまする」

褒められた柳沢吉保が平伏した。

「もういいか」

「お気遣いかたじけなく存じまする」

綱吉が己に茶を点てさせたのが、気を落ち着かせるためだと柳沢吉保は気づいていた。

「申せ」

「はっ……」

両手をつき、綱吉の胸元下へ目をやりながら、柳沢吉保が松平対馬守との話を告げた。

「躬《み》も働けと」

綱吉が苦笑した。

「無礼きわまりないことではございますが……」

申しわけないと柳沢吉保が頭を畳にこすりつけた。

「よい。たしかに実りを欲するならば、種を蒔《ま》かねばならぬ。わかった。大奥へ文を出そう」

綱吉が承知した。

「さて、どちらにするかの」

大奥で綱吉が信じ、頼りにしているのは、御台所信子とお伝の方の二人きりである。

「御台所もお伝も御広敷番医師に診せるわけにはいかぬ」

将軍正室である信子はもとより、綱吉の子を産んでお腹さまと呼ばれているお伝の方も奥医師の診察と決まっている。格下の御広敷番医師を主治医とするわけにはいかなかった。

「となれば、二人の下にいる女中どもになるな」

少し思案した綱吉が、右手を少し挙げた。

「はっ」

すばやく近づいた柳沢吉保が、墨を適度に含ませた筆を渡した。

「……よし。これを伝にな」

綱吉はお伝の方を選んだ。

「よろしゅうございますので」

御台所でないことで、後々問題がでないかと柳沢吉保が懸念を表した。

「万一のことがあったとき、御台を巻きこむわけにはいかぬ。その点、伝はな」

綱吉は、御台所に傷を付けるわけにはいかないが、お腹さまとはいえ、伝は奉公人にすぎず切り捨てられると答えた。

「ご深慮、感嘆いたしました」

柳沢吉保が身を震わせて感動を表した。

「お預かりをいたしまする」

文を、柳沢吉保が目よりも高く掲げた。

「任せる」

綱吉がうなずいた。

二

将軍からの文は、格別の扱いを受けた。

柳沢吉保から、文箱《ふばこ》を受け取った大奥女坊主は、何人もの女中を引き連れて上の御錠口から、伝の局へと進んだ。

「公方《くぼう》さま、お墨である。さがりおろう」

先導役の女中が大声を張りあげて、道を空けろと要求した。

「なんと」

「初めてではないか」

その前触れに、大奥女中たちが驚いた。将軍へ御台所や愛妾《あいしょう》が文を出すことはある。しかし、その返答はまず来ない。文ではなく、本人が大奥へ足を運んで口頭で伝えるからだ。そう、大奥からの文は、将軍を招くものであった。

本来有りえない文の到来に、女中たちが騒然とした。

「どけ」

「邪魔をいたすと、そのままには捨て置かぬぞ」

珍しい将軍の文を一目見ようと集まってきた女中たちを、先導役の女中が蹴散《けち》らした。

「お伝の方さまへ、公方さまのお文」

局に近づいたところで、先導役の女中が一層声を張りあげた。

「ただちに」

局の襖《ふすま》が左右ともに大きく引き開けられた。続いて局に属するすべての女中が、廊下に出て平伏した。

将軍の文は、その本人と同格の扱いを受ける。普段ならば、奥の間上座にいる伝の方も、下座へと移り、頭をさげた。

「お文である」

「かたじけのうございまする」

女坊主の差し出した文箱を、頭より高い位置で伝の方が受け取った。

「お渡しいたしました」

文が手から離れた瞬間、女坊主が下の間へと移動した。

「ご苦労であった。誰ぞ、この者に」

「はい」

伝の方の指示に、中臈の一人がうなずき、奥の間の書棚から金箱を下ろし、なかから小判を取り出した。

「お方さまよりじゃ」

手早く懐紙に包んだ小判を、中臈が女坊主へ渡した。

「これはお気遣いありがとう存じまする」

女坊主が恐縮した。

「一同で、仲良くな」

伝の方が、独り占めするなと釘《くぎ》を刺した。文を運んできたのは、女坊主だけでなく、警固の火の番、御錠口番などもいる。それらへの気遣いを伝の方は忘れていなかった。

「わかっておりまする」

女坊主が紙包みを押し頂いた。

「一同、もとにな」

伝の方が、文箱を胸に抱いて、上座へと動き、配下の女中たちに指示した。

「はっ」

ただちに女中たちが局に帰り、襖が閉じられた。

「香を焚《た》きや」

伝が続けて命じた。

「伽羅《きゃら》でよろしゅうございましょうや」

「よい」

確認した中臈に、伝がうなずいた。

「……うむ」

香りが満ちてから、伝の方が文箱を開いた。

「拝見いたしまする」

取り出した文に深く頭を下げてから、伝の方がなかを読んだ。

「…………」

読み終わった伝の方が、しばし目を閉じた。

「麻乃《あさの》」

目を開いた伝の方が、お付きの中臈を呼んだ。

「上様よりの御諚である。誰か一人、吾《わ》が局におる者を病人にしたてよ」

「病人でございまするか」

麻乃が首をかしげた。

「そうじゃ。それも怪我がいい。外道の医者を招かねばならぬ」

「ご説明をいただけましょうや」

意味がわからないと麻乃が問うた。

「先日、大奥で物騒なことがあったと話したであろう」

「お方さまが、上様の御用をうけたまわれた翌朝のお話でございますか」

「そうじゃ。そのことについて上様から……」

伝の方が語った。

「なるほど。矢切という外道の医師を大奥へ毎日入れるように手配をせよと」

「うむ」

言った麻乃に伝の方がうなずいた。

「任せるゆえな」

「わかりましてございまする」

引き受けた麻乃が、上の間から次の間へとさがった。

「一同、来よ」

麻乃が、局に属する女中たちを集めて事情を話し、志願者を募った。

「…………」

誰も手をあげなかった。

「おらぬのか、お方さまの、ひいては上様のご命であるぞ」

麻乃が、声を荒げた。

「ご命とあれば否やは申しませぬが、医師とはいえ男。病でもあるならばまだ我慢もいたしましょうが、なにもなく男に肌を見せ、身体に触れられるのは……」

一人の女中が、代表して言った。

「ううむ」

麻乃が困惑した。女中の言い分も一理あった。

「……男に肌を見せるか。診療には必須《ひっす》だの」

難しいと麻乃が悩んだ。

「やむを得ぬ。仮病ゆえ、身体を見せずともよかろう」

「……それならば」

女中が了承した。

「外道の医師を招くとあれば……外道じゃな。ふむ」

麻乃が、腕を組んだ。

「佐久《さく》、そなた横になれ」

若い中臈に麻乃が命じた。


御広敷番医師の宿直は、基本として二名でおこなわれた。

「よろしくお願いをいたしまする。なにかございましたら、わたくしが」

新参として、良衛はもう一人の医師をたてた。

「よしなにな」

相方になる木谷《こや》水方《すいほう》が鷹揚《おうよう》に首を上下させた。

宿直番は、弁当を食べてしまえばすることはなくなる。酒を飲むわけにもいかず、持ってきた医書を読むくらいしかないのだ。

「では、遠慮なく、休ませていただこう」

木谷が、自前の夜着を身に纏《まと》った。

「どうぞ」

良衛は一礼した。

宿直だからといって、夜を徹して起きていなくてもよかった。ただ、幕府は夜具を用意してくれないため、眠りたければ屋敷から手で運んでこなければならない。また、宿直が三日に一度あるからと、置きっぱなしもできなかった。私物の持ちこみは、一夜ののち引き取るからと、黙認されているだけなのだ。

「……………」

あっさりと眠りに就いた木谷を横目で見て、良衛は持ちこんだ書物に目を落とした。良衛が読んでいるのは、何度も目を通した『傷寒論《しょうかんろん》』であった。唐の時代に編《へん》纂《さん》された医書を甲斐《かい》の医師永田徳本《ながたとくほん》が、解説したものだ。

永田徳本は、二代将軍秀忠が病に伏したとき、奥医師たちでは治しきれなかったのを、曲直瀬道三の招きに応じて江戸城へあがり、見事に治療したほどの名医であった。

それでいながら、幕府医師として禄《ろく》をという誘いを断り、終生町医者として過ごした。

「甲斐の徳富、一服銭十八文」という幟《のぼり》を手に、牛の背中に乗って薬を売り歩いたと言われる伝説の医師であった。

「三陰三陽、人の病を六種にわけ、薬を出すか……」

良衛は嘆息した。

「簡潔でわかりやすいが、あまりに大雑把過ぎる。もっとも薬を十八文で頒布するならば、こうするしかないか」

永田徳本の行為を良衛は尊敬している。

「とくに二代将軍のころの医術は、民間に拡がっていなかった」

今は随分と改善されたが、当時、医者の治療を受けられる者は、よほどの金持ちか、権を持つ者だけであった。

「永田徳本は、薬を求める庶民の症状を聞き、それに合ったものを作りためた薬のなかから処方した。薬を飲んだことさえない庶民にとって、永田徳本の薬はありがたかっただろう。なかには薬を求めても、飲まずに神棚へ祀《まつ》っていた者もいるという」

良衛は『傷寒論』を置いた。

「医術の根本は、これだな。すべての人にあまねく医の恩恵を与えるのが、医者の本分」

秀忠の病を癒《いや》したというが、良衛は永田徳本の医師の腕を高く買ってはいない。

『傷寒論』は貞享から数えて千四百年ほど前に成立している。いかに歴史の長い漢方といえども、古書に入る。日々進歩している医学である。いつまでも古典にこだわっていては、治せる病を見過ごすことにもなりかねなかった。

ただ、医の恩恵を受けられなかった人々のためと考えれば、永田徳本は天下の名医と考えるべきであった。

「……」

良衛は悩んでいた。

医者は病を治して幾らであった。これはどれだけ時代が変わろうとも不変の真実である。もちろん、不治の病もある。医者も万能ではない。治療できない病はある。ただ、それは医術の進歩、治療の積み重ねで、どんどん淘汰《とうた》されてきた。

「医者には誰でもなれる。なってからが問題だ」

良衛は生まれた家が戦場医師の家柄だったから、とくに考えることもなく医師の道を歩んだ。

「修業を終えてもう何年にもなる」

父親の病を受けて、良衛は京での遊学を中止して、江戸へ戻り家督を継いだ。それを後悔はしていない。

「宝水を見てもわかる。新しい薬、治療法が目に見えるところまで来ている」

長崎に上陸した和蘭陀医術は、大坂、京を経て、ようやく江戸に届く。医術において江戸は田舎であった。

「幕府医師の間は食べていける」

医師も幕臣である。幕臣には禄が出る。矢切家はもともと御家人だったので、家《か》禄《ろく》を持っていたが、医術で抱えられた者にも二百俵ほどの禄が与えられた。そして一度与えられた禄は、医術不十分と判断されないかぎり、子々孫々まで受け継いでいけた。

たしかに二百俵くらいでは、生活するのが精一杯で、贅沢《ぜいたく》は望めない。とはいえ、明日《あした》の米の心配はしなくていいのだ。これはありがたいことであった。

「研鑽《けんさん》を怠っている気がしてならぬ」

良衛は己の腕をより磨きたいという欲求を持ち始めていた。

「悔しかったからだが……」

小さな声で良衛は呟《つぶや》いた。

大老堀田筑前守刃傷が起こったとき、当番で医師溜《だまり》にいた良衛にはなんの報《しら》せもなかった。ことを良衛が知ったのは、堀田筑前守が本道医奈須《なす》玄竹《げんちく》の応急手当を受け、下城した後だった。

「外道の術では、人後に落ちぬつもりでいた。だが、愚昧《ぐまい》ではなく、ことは希代の名医とうたわれた先代奈須玄竹の孫へ行った。これは、愚昧の名が知られていないとの証《あかし》」

良衛はなんとも言えない表情を浮かべた。

「医者に名声は要らぬと思っていた。名を売ろうとする医師は、人を救うより、患家を集めて金を稼ごうとする者がほとんどだ。医術より算術を教えたほうがいいのではないかと思うような輩《やから》ばかり。そうなりたくはないと考え、目立たぬようにしてきたが、それは正しかったのか」

良衛の信念は揺らいでいた。己の外道医としての名前が通っていれば、奈須玄竹ではなく、良衛が呼ばれていた。そして良衛ならば、堀田筑前守の命を助けられたかも知れなかった。事後、堀田筑前守の状況を聞いた良衛は、少なくとも延命できたと判断している。

「今のままで留まっていては、凡百に落ちる」

実績をあげてこその名声である。売名だけなら、意味がない。

「今より高みを目指し、名をあげたい」

良衛は野望を口にした。

「無理なことをお考えあるな」

不意に木谷が声を発した。

「起こしてしまいましたか。申しわけなし」

興奮のあまり、声が大きくなっていた。良衛は詫《わ》びた。

「できることだけしていればよろしい。出る杭《くい》は打たれますぞ」

「出る杭は打たれる……ご経験が」

良衛は、木谷の口調に苦いものを感じていた。

「お話しするほどのことではござらぬ。では、お静かにの」

木谷が言うだけ言って、寝返りを打った。

「…………」

話す気のない木谷に、良衛はあきらめた。

「お医師どの。ごめん」

襖《ふすま》が開けられた。顔を出したのは御広敷添番であった。

「なんでござろう」

御広敷添番は、御広敷番頭の下で大奥の出入りを監視する。お目見え以下で御家人身分であるが、お目見えぎりぎりの表御番医師とさほど変わらない。良衛はていねいな態度で応じた。

「大奥より急病人の報せがござった」

御広敷添番が告げた。

「急病人」

寝ていた木谷が顔をあげた。いかに黙認されているとはいえ、宿直中に寝ていたと噂されるのはまずい。木谷は夜具にくるまっていただけという体を取らざるをえなかった。

「病状は」

木谷が問うた。

「怪我だとか」

「ならば、外道の出番でござるな」

答えを聞いた木谷がほっとした顔をした。

「では、参りましょう」

良衛は使い慣れた薬箱を抱えた。

御広敷番医師の診察は、相手の女中が動けるかどうか、中臈以上の身分かどうかで変わった。身分が低く、自力で歩行できる者は、下の御錠口を入ってすぐの御広敷座敷下段の間で診察し、身分高き者、あるいは動かせない者は、その局まで医師が出向いた。

「下の御錠口開けられよ。お医師でござる」

御広敷御番が、伊賀者番所にある下の御錠口で声を張りあげた。

下の御錠口は杉の一枚板でできた扉二枚で封じられている。一枚は御広敷から、残り一枚は大奥からでなければ、開けられない。

「承ってござる」

大奥側の杉戸が内へと開かれた。

「御広敷番医師、矢切良衛でござる。急患との報せを承った。案内を頼みまする」

杉戸を潜るなり、良衛が述べた。

「伺っておる。火の番、取次、お医師どのをお伝の方さまのお局へ」

「承知」

「お任せを」

御錠口番から命じられた火の番と取次が首肯した。

大奥は身分が高い者の局ほど、七つ口や御錠口などの出入り口から遠くなる。

「こちらじゃ」

「お願いいたす」

廊下の隅に置かれた常夜燈《じょうやとう》の薄暗い灯りを頼りに、良衛は二人の女中の後ろに従った。

「局内の方まで申しあげまする。お医師矢切良衛を伴いましてございまする」

かなり歩いたところで、取次が膝《ひざ》をついて、襖内へと声をかけた。

伝の方は、綱吉の子を産んだお腹さまとして一門扱いを受けている。格は御三家に匹敵する。良衛が呼び捨てにされるのは当然であった。

「今、開けまする」

すぐに襖が片側だけ開かれた。

「なかへ入りや」

襖のなかで派手な打ち掛けを身に纏《まと》った女中が立っていた。

「矢切良衛と申しまする。患家はどちらに」

一礼した良衛は、早速に問うた。

「次の間におる」

「……次の間」

言われた良衛は、息を呑《の》んだ。局で次の間は、主《あるじ》の居室として日常を過ごす場所である。さすがに主の寝室である上の間でないことから、怪我人が伝の方ではないとわかったが、次の間での横臥《おうが》を許されるほどの身分ある女中だと知って良衛は緊張した。

「御免」

もう一度頭をさげて良衛は、立っている中臈の前を横切った。

「ご苦労であった。診療が終われば、当局の者に下の御錠口まで送らせる。さがってよい。閉めよ」

言いたいことを言うと、返事も待たず中臈が襖を閉じさせた。下の御錠口を通った者は、送った者が連れて帰る決まりであった。それを中臈は無視した。

「あっ……」

取次の女中が抗議の声をあげる間もなかった。

「いかがいたしましょう」

火の番が取次に尋ねた。

「お伝の方さまの局を仕切る麻乃さまの言葉だぞ。逆らえぬ」

「しかし、このまま下の御錠口へ戻れば、お役目怠慢として御錠口番さまよりお叱りを受けまする」

身分が低い火の番が、怖れた。

「わかっておる。このまま帰るわけにはいかず、残ることもできぬ。となれば、あの角で待つことにいたそう」

半町（約五十メートル）ほど離れた廊下の隅を取次が指さした。

「出てきた医師の先導をする形をとれば、麻乃さまも、御錠口番さまもお叱りにはなられまい」

「ここで待っていても同じでは」

「少しは頭を使え。武をもって仕えるのが火の番とはいえ、なにも考えずにおれば、いつまで経っても先にはいけぬぞ」

取次が火の番にあきれた。

「送りは不要。それは、ここにおるなということよ。なかの話を聞かれたくないのだ」

「話を……医師を招いてなにを……」

火の番は大奥の平穏を維持するのも仕事である。

「知るものか。余計な詮索《せんさく》は止めておけ。己だけでなく、家族まで巻きこむぞ。そなたの実家は御家人であろう」

取次が首を左右に振った。

「実家に……」

「御家人どころか旗本の一つや二つ、お伝の方さまが上様にお願いすれば、あっさりと潰《つぶ》される」

「……………」

実家を人質にとられたようなものである。火の番が黙った。

「大奥で生きていくならば、御台所さまとお伝の方さまには逆らうな。行くぞ」

「……あっ。はい」

そう言って歩き出した取次に、あわてて火の番が従った。

三

次の間に進んだ良衛を待っていたのは、一人の若い女中であった。

「矢切良衛でござる。お怪我をなされたのは、貴方《あなた》さまか」

「いかにも。お伝の方さまにお仕えする中臈の佐久《さく》である」

良衛より十歳は若い女中が、尊大な口調で応えた。

「どこをどうなされた」

「左の足の付け根が痛む」

問うた良衛に、佐久が手で股間《こかん》近くを押さえた。

「拝診いたしまする。お身体に触れてもよろしゅうございまするか」

相手は大奥女中である。治療診断のためとはいえ、許しなく触るのはまずかった。

「触らずにいたせ」

佐久が拒否した。

「治療できぬとは申しませぬが、触らずに見ただけの診断では、確実とは……」

「かまわぬ。上様にいつお召しを受けるかわからぬのが、妾《わらわ》である。上様よりも先に、他の男に触れさせるわけには参らぬ」

堂々と寵愛《ちょうあい》を受けると言うだけの美貌《びぼう》を佐久はしていた。

「…………」

良衛は、最初に出会った中臈の顔を見た。

「できるのであろう」

「おおむねでよろしければ」

麻乃の確認に、良衛はあくまでも可能だとしか言わなかった。

「和蘭陀流外科術の達人だと聞いていたが、思いの外……」

小さく麻乃が嘆息した。

「失礼をいたしましょう」

良衛は腰をあげた。

「な、なんじゃ」

麻乃が目を剝《む》いた。

「わたくしでは及びませぬ。命にかかわるといった様相でもございませぬ。御指示に従う別のお医師をお呼びくださいませ」

「きさま……」

大奥の権力者である己に反抗する者などいないと思いこんでいた麻乃が顔色を変えた。

「うかつな治療は、かえって患部を悪くいたしまする。和蘭陀流外科術は、治療よりも診断に重きをおいておりまする。診断が違えば、あとの治療の効果は望めませぬ。自信のない治療をするのは、医者の傲慢《ごうまん》、そして患家の迷惑」

良衛は言い切った。

「妾の言うことを聞かずして、御広敷番医師が務まるとでも」

麻乃が脅した。

「御広敷番医師を辞するだけでございまする」

「な、なんだと」

あっさりと身分を捨てると口にした良衛に、麻乃が訳のわからないものを見るような目をした。

「禄《ろく》を失うのだぞ」

「矢切家は御家人でございまする。医師は余技」

良衛は堂々と胸を張った。ここで言う御家人とはお目見えできるかどうかではなく徳川家の家人との意味である。

「御家人の一つくらい取り潰すのは、お方さまにとって……」

「お止めなされ」

さらなる脅迫をしようとした麻乃を良衛が遮った。

「お方さまのお名前に傷が付きましょう。お方さまが恣意《しい》で御家人の家を潰したなどと噂になれば……」

「……………」

麻乃が黙った。

大奥は一枚岩ではなかった。本来御台所である鷹司信子を頂点とし、その下にお腹さまの伝の方がと序列されていなければならない。しかし、そうではなかった。理由は一つ、伝の方の出自が低かったからである。

伝の方の父は黒鍬者《くろくわ》であった。黒鍬者は幕府の中間小者であり、士分ではない。名字帯刀は許されず、寒中でも髷を出し、素足に草鞋履《わらじば》き、雨が降っても傘を差すことが許されない端役であった。幸い、伝の方が衆に優れた美貌だったお陰で、館林藩主だった綱吉の手が付き、実家は千石の旗本に取り立てられた。

とはいえ、出自が変わるわけではない。どころか、陰口は増えた。

「股《また》で家を買った」

「美しくは生まれたいものよな。女は出ではなく美醜で決まる」

大奥には、京から行儀教授として多くの女が来ている。少ない家禄《かろく》で喰《く》えない公家の娘たちを幕府が養っているに近いが、その女たちにしてみれば、伝の方のような出世を摑《つか》んだ者は格好の餌食であった。

とくにひどいのが、将軍となった綱吉の側室たちであった。

将軍が手を付けられる女は、大奥で目見え以上と決められていた。もちろん、将軍が目を付けた女ならば、誰でも側室になれるが、身分低い女中は、そもそも綱吉の前に出ない。つまり、目見え以上の女中からしか選べないのだ。

目見え以上は、親元が旗本あるいは公家である。綱吉の側室となった女中たちにしてみれば、伝の方ほど目障りな相手はいなかった。

館林以来の寵愛は薄れず、綱吉はほぼ三回に二回は伝の方を夜伽《よとぎ》とする。そのしわ寄せは新しく側室となった女中にいく。綱吉の閨《ねや》御用を務めなければ、寵愛も受けられず、子も孕《はら》まない。側室たちにとって伝の方は邪魔でしかなかった。

お腹さまと敵対するわけにはいかないため表沙汰《おもてざた》にはなっていないが、大奥では伝の方をなんとかして引きずり下ろそうとする側室たちの暗躍があった。

もし、伝の方に恣意ありとの悪評が立てば、それを非難の矛先にする連中には事欠かない。麻乃が黙ったのは当然であった。

「きさま……」

麻乃が良衛を睨《にら》んだ。

「……………」

良衛はじっと麻乃を見つめ返した。

「やめい。そなたの負けじゃ」

閉めきられていた上の間との境の襖《ふすま》が開かれた。

「お方さま」

麻乃があわてて手をついた。

「……お方さま」

一瞬良衛は遅れた。

「伝じゃ。見知りおいてくれよ」

にこやかに伝の方が名乗った。

「ご無礼をいたしました」

急いで良衛は膝《ひざ》を突き、平伏した。

「よい。こちらに非がある。麻乃」

良衛に手を振った伝の方が、腹心に厳しい声をかけた。

「言ってよいことと悪いことがあるぞ」

「申しわけございませぬ」

叱られた麻乃が身を小さくした。

「詫《わ》びは妾《わらわ》にではない。お医師どのにせい」

「悪かった」

促された麻乃が、良衛に軽く頭を下げた。

「いえ」

心底ではない謝罪に、良衛もおざなりな対応をした。

「…………」

不満そうな表情をした麻乃だったが、伝の方の手前もあり、それ以上はなにも言わなかった。

「お医師どのよ、佐久はいずれ上様のもとへ上げようと考えている者でな、さすがに素肌を男に触らせるわけにはいかぬ。そこを料簡《りょうけん》してやってくれぬか」

伝の方が、ていねいに頼んだ。

「素肌ということは、衣服の上からならばよろしゅうございましょうや」

「着物ごしか。それならば、糸脈《いとみゃく》と同じじゃな」

良衛の求めに、伝の方がうなずいた。

糸脈とは高貴な方の身体に直接触れるのは畏《おそ》れ多いとして開発された診断方法である。当初は、患者の手首に糸を巻き、その端を隣室から引いて脈を感じるものであったが、あまりに荒唐無稽《こうとうむけい》であるとして形を変え、患者の手首に絹布を巻き、その上から触れて脈を取るとの形になった。薄いとはいえ、布を挟むことで、脈の正確な探知はできないが、それでも糸で遠くから診るよりははるかにましになった。

「佐久、よいな」

「……はい」

伝の方に言われてはしかたない。佐久が不承不承ながら認めた。

「では、触らせていただくまえに、どういった状況なのかをお聞かせいただきたい」

良衛は症状を問うた。

「歩いているときに、身体をわずかながら右へ少し傾けるきらいがある」

答えたのは麻乃であった。

「あなたは気づいておられぬのか」

「わからぬ」

確認した良衛に、佐久が首を左右に振った。

「他には」

「長時間立ったり座ったままでいたりしたあと、急に歩こうとすると、なにかみょうな感じがある」

佐久が告げた。

「痛みはござらぬので」

「うむ、少し気になるていどだ」

さほどのことではないと佐久が告げた。

「最近、こけたり、なにかにぶつかったりは」

「ない」

はっきりと佐久が否定した。

「いつから気づいておられましたか」

「妾は知らぬ。いつからかなど」

さらなる問いにも、佐久の返事は素っ気なかった。

「なるほど……では、触らせていただこう」

良衛は膝行《しっこう》して佐久に近づいた。

「夜具の上から……」

抵抗しようとする佐久を無視して、良衛は夜具を剝《は》ぎ、小袖《こそで》の上から佐久の左足付け根を触った。

「ひゃあああ」

妙な声をあげて佐久が身をよじった。

「お静かに」

動揺せず、良衛は続いて佐久の右足付け根を押さえた。

「ひえええ」

佐久が鳥肌を立てた。

「ふむ」

左右の感触の違いに、良衛は首肯した。

「わかったかの」

じっと見ていた伝の方が声を出した。

「しばしお待ちを。佐久さま、少し歩いていただけまするか」

「歩けと妾に命じるか」

「従え」

不満そうな佐久に、伝の方が命じた。

「はい」

しぶしぶ佐久が立ちあがり、数歩歩いてみせた。

「意識せず、普通にお願いしたい」

見られているという緊張からか、動きのぎこちない佐久に良衛は嘆息した。

「……けっこうでござる」

しばらく見ていた良衛は、佐久に合図した。

「どうじゃ」

ふたたび伝の方が急《せ》かすように訊《き》いた。

「おそらくでございますが……股関節《こかんせつ》に脱臼《だっきゅう》の既往があるのではないかと」

「なんじゃそれは」

伝の方が首をかしげた。

二人の子供を産んだとは思えないほど、伝の方の容姿は若々しく、あどけない。

良衛は思わず見とれそうになった。

「……腰と足をつないでいる股関節が、一度外れたのでございましょう」

「そんな覚えはない」

佐久が否定した。

「先ほども伺いましたが、ご記憶にないとのこと。おそらく赤子のころだと思われまする」

ちらと佐久に目をやって、良衛は続けた。

「赤子のころ、襁褓《むつき》を換えるとき、両足を摑《つか》んで持ちあげるようにすると、まま股関節が脱臼するときがあるのでございまする。ただ、赤子の身体は柔らかいので、本人はもちろん、両親も気づかぬことが多いのでございますが、関節というのは一度外れると、骨の形が変わったり、包んでいる軟骨がすり減ったりして、なんらかの障害を起こしやすくなりまする。もっとも赤子のころのものなれば、さほど重症にはなりませぬ」

良衛は説明した。

「さようか。では、どうすればいい」

「お痛みがあるならば、湿布をあてるなどの対症療法をいたしまする。外れそうになっているならば、もとに戻すよう、手技を施しまする」

伝の方の問いかけに、良衛は応じた。

「佐久はどうすればいい」

「さほど関節がずれている気配もございませぬ。歩かれるときの障害もさほど目立ってはおりませぬゆえ、冷やさぬよう、転ばれぬように注意していただき、しばらく様子を見るのがよろしいかと」

はっきりいって手の施しようがないのだ。良衛は気休めを口にするしかなかった。

「なにもできぬというのだの」

しかし、良衛のごまかしは、しっかり伝の方に見抜かれた。

「…………」

つごうが悪くなると、人は多弁になるか、沈黙するかの二つに分かれる。良衛は後者であった。

「正直なやつじゃ」

どこが気に入ったのか、伝の方が笑った。

「お医師、佐久の治療は要るな」

伝の方が笑いを消した。

「なにもできぬとご理解いただけたはず」

良衛はお手上げだと告げた。

「それでは困るのじゃ」

少しだけ眉《まゆ》を伝の方がさげた。

「困る……」

その言葉に良衛は引っかかった。

「股関節脱臼を完治させねば困る理由がある……まさか」

良衛は思わず伝の方の顔を正面から見た。身分が上の人の顔を見つめるのは、礼儀に反した行為であった。

「無礼者」

麻乃が、声を荒げた。

「よい。無理もないことじゃ。咎《とが》めるな」

伝の方が、麻乃を宥《なだ》めた。

「……わかったようじゃな」

伝の方が、麻乃から良衛へ顔を移した。

「上様の御用を」

「そうじゃ。この佐久は、家柄は旗本で、さほど名家と言うほどではないが、見てのとおり見目麗しい。きっと上様もお気に召そう」

伝の方がほほえみながら、佐久を見た。

「畏《おそ》れ多いことでございまする」

褒められた佐久が、恐縮した。

「お方さまは……」

「妾《わらわ》は褥《しとね》遠慮をせぬぞ。とはいえ、妾とて女じゃ。月の障りなどで、上様の御用を承れぬときもある。そのとき、妾に代わって上様のお相手をしてくれる者が要るであろう」

伝の方が語った。

微禄《びろく》の御家人の出である良衛は権というものを好まない。だが、それがどれだけ人を惑わすものかは知っている。

伝の方が、佐久を代理にと考えているその真の意味を良衛は理解した。伝の方は、他の側室、己を嫌っている女のもとに綱吉を通わせたくない。いや、他の側室が懐妊して欲しくないのだ。

「妾に忠節を尽くしてくれて、上様のお好みにも合う女というのは、なかなかおらぬ。ようやく見つけたのが、この佐久じゃ。佐久の実家には、いささかの貸しもある」

裏切る心配はないと伝の方が暗に告げた。

「…………」

佐久が頭を下げた。

「よき女じゃと思い、近々上様へご紹介申しあげようと考えていたところ、麻乃がな、佐久の歩きかたに気が付いてな。膝《ひざ》ではなさそうとなれば、残るは股《また》じゃ。女にとって股は、しっかりしていてくれぬと困る。そなたも女を抱くであろう。ならば、わかるはずだ。女は股を開いて男を受け入れるからな。その股に異常があっては、上様の輿が醒《さ》めよう。多少ご無理をなされても大事ないようにしておかねば……上様にお気遣いをいただくようでは、側室として不十分じゃ」

「……さようではございますが」

将軍の寵姫《ちょうき》の口から、生々しい話を聞かされた良衛は困惑するしかなかった。

「なんとかいたせ」

伝の方が命じた。

「と仰せられましても、先ほど申しあげましたように……」

「言いわけは要らぬ。そなた医師であろう。我ら側室が上様の和子《わこ》さまを孕《はら》むのが仕事のように、医師は患者を治してこそじゃ」

「しかし、医師にもできぬことがございまする。赤子のときの怪我、十年以上も前の怪我に対応できるほど、医術というのは万能ではございませぬ」

良衛は強く首を左右に振った。

「どうにもならぬのか」

「多少ましにはできましょうが、完治は」

「それでよい」

気休めに近い良衛の言いぶんに、伝の方が食いついた。

「……ですが、それにはお身体に触れねばなりませぬぞ。薬でどうこうなる段階ではございませぬゆえ」

「どのていど触る」

「固まった筋をほぐさねばなりませぬ。少なくともおみ足には……」

尋ねられた良衛は告げた。

「直接でなくてよいのだろう」

「それは、かまいませぬ」

良衛も若い女の足をさらけ出させる気はない。

「佐久、よいな」

「……御用のためでございますれば」

確認した伝の方へ、佐久が悲壮な決意で首肯した。

「今、できるな」

「それは道具は要りませぬゆえ。できましたならば、筋を和らげてからのほうがよいので、湯上がりほどありがたいのですが」

良衛は述べた。

「今風呂《ふろ》の用意はできておらぬ。今日だけはそのままいたせ」

「今日だけ……」

伝の方の言葉に良衛は驚いた。

「一日でましになるはずなどなかろうが。十年ごしの病ぞ。一日や二日で治せるならば、そなたは神扱いされておろう」

あきれた顔で伝の方が言った。

「……それに、毎日通えたほうが、そなたも役目が果たせてつごうがよかろう」

「な、なにを」

良衛は顔色を変えた。

「松平対馬守の手の者だそうだな」

「……なったつもりはございませんが……」

伝の方に言われた良衛は動揺した。

「伊賀者が大奥で襲われた一件を探索するように言われているのであろう」

「はい」

苦い顔のまま良衛は認めた。

「たしかに医師は男で唯一、大奥のどこに出入りしてもおかしくはない。とはいえ、用もないのに、うろつくこともできぬ。そこで、妾が手助けをしてやろうというのよ」

「では、佐久さまの……」

方便かと良衛は問いかけた。

「いいや。佐久は上様のお側にあげる。妾を排そうなどと考えている愚か者どもに思い知らせてやらねばならぬ」

伝の方が酷薄な笑いを浮かべた。

「…………」

「のう、お医師」

「……なんでございましょう」

急に声を甘くした伝の方に、良衛は警戒した。

「南蛮には、子を孕む薬や手法はないのか」

伝の方が良衛へ要求した。

「あいにく愚昧《ぐまい》は外科術でございまして、産科は学んでおりませぬ」

「ないとは言わぬのだな」

「医学はそれぞれの専門で違い、各科の深淵《しんえん》は門外漢には計り知れぬものでございますれば」

良衛は真実を語った。

「南蛮の産科はどこで学ぶ」

「学ぶとならば、異人より教えていただくか、南蛮産科の書物を手に入れるか。どちらも江戸ではかないませぬ。長崎に行かねば無理でございましょう」

暗に良衛は無理だと答えた。

「長崎まで行けば、どうにかなるのか」

「確実ではございませぬが、少なくとも江戸よりはましでございましょう」

「わかった。では、佐久の治療をいたせ」

話を切って、伝の方が促した。

「承知いたしましてございまする。佐久さま、仰向けで横になっていただけましょうか。お一人、お手伝いをお願いいたしまする。佐久さまの裾《すそ》が乱れぬようにご注意を」

「わたくしが」

麻乃が手伝いを申し出た。

「ご中臈さまにお願いせずとも」

「この二人だけで留めておきたい。身分軽き者は口もな」

中臈に手伝わすなど畏《おそ》れ多《おお》いと遠慮した良衛に、伝の方が表情を硬くした。

「……はい。では、まず右くるぶしに触れまするぞ」

そう予告して、良衛は佐久の足を曲げたり伸ばしたりした。

和蘭陀流外科術は、人の身体の構造を徹底して学ばせる。どこの骨から筋が伸びて、どこの骨に付いているか、どの筋が足を伸ばすのに使われるか、良衛は杉本忠恵師よりたたきこまれていた。

「……今日はこれくらいにいたしましょう。初めから長いのは、かえって疲れをためてしまいますれば」

良衛が佐久の身体から離れた。他人の身体を動かすのは、気を遣ううえに力も要る。良衛はうっすらと汗を掻《か》いていた。

「佐久、歩いてみよ」

「はい」

「あっ……」

少しおとなしくと止める間もなく、主《あるじ》の命に応じて佐久が立ちあがった。

「どうじゃ」

「なにやら、みょうな感じがいたしまする。わたくしの足でないような」

佐久が怪訝《けげん》な表情を見せた。

「固まっていた筋を伸ばしたせいでございましょう。今日はあまり動かれず、ぬるめのお湯に長めにお入りくださいませ」

良衛が注意を与えた。

「わかった。では、明日《あした》」

「明日は朝でお役は終わり、明後日《あさって》は非番でございまする」

毎日は来られないと良衛は述べた。

「大目付に妾《わらわ》から伝えようか。毎日大奥へ入れる口実を断ったと」

冷たい声で、伝の方が言った。

「…………」

良衛は黙るしかなかった。

「参るの」

「仰せのままに」

釘《くぎ》を刺された良衛は応じるしかなかった。

「うむ」

一転して、伝の方がほほえんだ。天下の美姫の笑みは良衛を揺さぶるほど強力であった。

「これにて御免」

あまりの変化に負けそうになった良衛は、逃げ出すことに決めた。

「麻乃。送ってやれ」

失礼するという良衛の見送りを伝の方が腹心に指示した。

「……はい」

麻乃がうなずいた。

「…………」

中臈は、大奥女中のなかでは中位であるが、その権威は高い。なにせ、中臈以上から将軍の側室が出される慣例なのだ。とても御広敷番医師ていどの見送りをする相手ではなかった。しかし、良衛はすばやく目配せを交わす伝の方と麻乃に気づいたため、遠慮の言葉を口にはしなかった。

目見え以下の女中二人を随伴させて、麻乃が良衛を局から下の御錠口へと連れていった。

「……やはり」

長い廊下の突きあたりに、良衛を送ってきた二人の女中の姿を見つけた麻乃が呟《つぶや》いた。

「見張り……」

良衛も口に出してしまった。

「そうだ。そなたもこれで晴れてお方さまの手下扱いしてもらえるぞ」

口の端をゆがめた麻乃が小声で告げた。

「……そのためでございましたか」

中臈を付けた理由を良衛は悟った。腹心の中臈に見送りをさせる。それは良衛を信用している、というより取りこんだという意思表示になる。

「よかったな。お方さまは上様のご寵愛《ちょうあい》深い。お気に召せば、奥医師はまちがいないぞ」

麻乃が出世を口にした。

「…………」

「もし、そなたのおかげで、佐久が上様のお情けをいただき、ご懐妊となれば……」

「ご懐妊となれば……」

わざと途中で言葉を切った麻乃に、良衛は怪訝な顔をした。

「そなたが取りあげることになろう。一代の栄誉よな」

「……それは」

良衛は絶句した。将軍の子供を取りあげる。それは将来にわたって、生まれた子供の侍医をすることである。綱吉に跡継ぎがいない今、もし佐久が男子を産めば、六代将軍となる。良衛は六代将軍の主治医の地位を得ることになる。その権は、典薬頭をしのぐ。

「そろそろ口を閉じよ。あやつらに聞こえる。念のために申しておくが、お方さまとお話ししたこと、他に漏らすなよ」

麻乃が前を向いたままで注意をした。

四

御広敷へと戻った良衛を、寝ているはずの木谷が出迎えた。

「ご苦労さまでござった。随分長かったでござるが、よほどの重症でございましたかの」

木谷が問うた。

「さほどのことはございませんでしたが、説明に手間取りまして……」

「どのような怪我で、どなたが」

「たいしたものではございませぬ」

しつこく問う木谷を良衛ははぐらかした。

「ご説明いただかぬと困りましょう。明日の引き継ぎもござるし、ご貴殿がおられぬときにお呼び出しがあっては、対応が……」

「わたくしにとのご指名でございまして」

木谷の苦情に、良衛は首を左右に振った。

「ご指名……そのようなまねは許されますまい」

基本、三交代制である。かかりつけの形態はとらない。木谷の反論は正当であった。

「お伝の方さまのご指示でございまする」

「……お伝の方さまの」

大奥で次席の権力を持つお伝の方の名前は大きい。木谷が気まずそうな顔をした。

「では、休ませていただきまする」

これ以上の会話は御免だと良衛は持参した夜具にくるまり、木谷から背を向けた。

小さく舌打ちをした木谷が、音を立てて横になった。

「……ちっ」

「大目付松平対馬守さまが、お医師どのの往診を望まれておりまする」

目覚めた良衛は顔を洗う間もなく呼び出された。

「早すぎるわ」

いつもの空き座敷まで歩きながら、良衛はぼやいた。

まだ交代の医師も来ていない早朝である。宿直番《とのい》のない大目付が登城するまで、一刻（約二時間）はあった。

宿直明けは辛《つら》い。風呂《ふろ》にも入れていない、そのうえ空腹なのだ。宿直のおりの弁当は自前が決まりである。夕餉《ゆうげ》は用意してくるが、さすがに翌朝のぶんまでは持ってこない。夏場でなくとも傷むからだ。

もっとも良衛は剣術の修行も積んでいる。半日や一日喰《く》わないなど、何度も経験していた。とはいえ、空腹で機嫌が悪くなるのは人として当然のことだ。

「お呼びだそうで。御用は」

すでに空き座敷で待っていた松平対馬守へ、良衛は挨拶《あいさつ》抜きで訊《き》いた。

「感情を表に出すなと教えたはずだ。心のうちを他人に見られるようでは、役人としてやっていけぬぞ」

松平対馬守が叱りつけた。

「気を付けまする」

言い返すのも面倒だと、良衛はおざなりに頭をさげた。

「まったくふてぶてしいやつじゃ」

大きく松平対馬守が嘆息した。

「御用は」

さっさと用件をすませてくれと良衛は求めた。

「……大奥へ入ったそうだの」

「もうご存じでしたか」

大奥へ良衛が入ったのは、当番の帰った後である。暮れ六つ（午後六時ごろ）には下城している大目付が知っているはずはなかった。

「儂《わし》にも殿中のできごとを報せてくれる伝手《つて》くらいはある」

松平対馬守が得意そうに言った。

「で、どうであった。なにかわかったか」

「お伝の方さまの局での急患でございました。とても調べなどをする余裕はございませぬ」

良衛は否定した。

「……むう。お伝の方さまか」

さすがに松平対馬守が顔をしかめた。

もし、伝の方の機嫌を損ねたら、三千石の大目付でも無事ではすまない。お役御免で隠居ならかすり傷、一つまちがえれば改易までいく。

「ただ……お伝の方さまより、毎日大奥へ来るようにと」

「毎日……それほど悪いのか」

「いいえ。大奥のことを知りたいのだろうと」

良衛は述べた。

「喋《しゃべ》ったのか」

松平対馬守が咎《とが》めるような顔をした。

「言うはずございませぬ。医者の口は、岩よりも堅くなければなりませぬ。でなくば、患家の信頼をいただけませぬ」

良衛が気色ばんだ。

患者は医者の求めに応じて、いろいろなことを話す。さすがに財産までは明らかにしないが、食事の好み、性癖から、睡眠、排便まで、他人に聞かれれば恥となるようなものまで告げる。そうしなければ正しい診断ができないからだ。

そして、それは医師が他へ漏らさないという前提のもとになされる。喋ったことを医師が広げるようであれば、患者は二度と口を開かない。患者の信頼を失った医師の治療はどれだけ的確でも、病を癒《いや》せない。

「怒るな。まったく、最近、そなたは気が立ちすぎておるのではないか」

あわてて松平対馬守が手を左右に振った。

「気も立ちましょう。愚昧《ぐまい》は医師でござる。患家を治すのが仕事であり、大奥を探るなど、任ではございませぬ」

不満を良衛は口にした。

「大奥を病だと思え。そして畏《おそ》れ多くも上様が患家であると。治さざるをえまいが」

「…………」

そう言われては良衛も反論できなかった。

「すまなかった。そなたを疑ったことを詫《わ》びる」

松平対馬守が軽くだが頭をさげた。

「……つっ」

思わず良衛が驚いた。三千石が二百俵の医師に頭を下げる。ありえていい話ではなかった。烏を白いと松平対馬守が言えば、同意しなければならないのが身分差というものだ。

「お伝の方さまのお言葉だが、おそらく上様がお話ししてくださった結果であろう」

松平対馬守が述べた。

「やはり対馬守さまが、手配を」

「柳沢どのをつうじてな、上様からお伝えいただいたのだ。そうでもせねば、大奥というところは、手出しができぬ。そなたも攻めあぐんでいたようだしな」

「………」

もっともな話だとはわかっているが、良衛にとって負担でしかなかった。

「嫌そうな顔をするなとは言わぬ。さっさと調べをすませれば、大奥から離れられるぞ」

不服を表情に出した良衛を松平対馬守が宥《なだ》めた。

「表御番へ帰していただけますな」

「そのつもりだが、ひょっとすれば、よりよい形になるかも知れぬ」

「よりよい形……」

褒賞を匂わせた松平対馬守を良衛が見た。

「そなたが役に立ってからの話だ。今から期待するな」

松平対馬守が具体的な話を嫌がった。

「わかっておりまする。では、これで」

良衛は、不機嫌さを隠さずに腰をあげた。

「ご無礼をいたすなよ」

「対馬守さまのお名前に傷はつけませぬ」

良衛を大奥へ入れたのは松平対馬守だと伝の方に知られている。良衛が失敗すれば、その責は松平対馬守へいく。それくらいわからないほど良衛は愚かではなかった。松平対馬守が責に問われるとき、良衛は旗本の籍から消されている。

「ふん」

その答えに、松平対馬守が鼻を鳴らした。

第三章　大奥の外

一

大奥女中は終生奉公である。一度大奥へあがれば、親の死に目であろうとも宿下がりは許されない。

これは目見え以上の女中だけであった。目見え以下の女中の出入りは、思ったよりも激しく、辞める者も少なくなかった。

辞めることができるのだ。当然、宿下がりは容易であった。

手続きも簡単である。宿下がりを求める女中の属する局《つぼね》から、大奥の実務を差配している表使《おもてづかい》へ、どこの局の誰がなんの理由で何日宿下がりする、あるいは出かけると申告するだけでいい。許可をではなく、届け出だけですむ。

良衛が宿直番明けで下城した翌日早々に、山科の局で別式女を務める十六夜《いざよい》は、宿下がりした。

大奥女中の出入りは、大手門《おおて》ではなく北側にある平河門《ひらかわ》と決められている。平河門を出た十六夜は、その足で浜町《はまちょう》へと向かった。

浜町はその名前からわかるように、江戸湾に近い浜辺であった。それが城下町の拡張に伴って、湾が埋め立てられ、いつの間にか海辺から離れてしまった。といっても、潮風の匂いは色濃く残っている。仙台伊達《だて》家の屋敷に代表される武家町と、その周囲を埋めるように発展した町人地が入り組んだ浜町は、日本橋には及ばないが繁華なところであった。

十六夜はためらうことなく、浜町の商家須磨《すま》屋の暖簾《のれん》を潜った。

「邪魔をする」

「……いらっしゃいませ」

入ってきた男装姿の十六夜を見た須磨屋の手代が、一瞬戸惑った。

十六夜は武芸で仕える別式女である。いざとなれば、薙刀《なぎなた》や刀を振るって主《あるじ》を守らなければならない。そのとき裾《すそ》の乱れを気にしては戦えない。別式女は男装するのが慣例であった。髪も結うことなく、ただまとめただけ、男女の区別はつくが、とても色気を感じる格好ではなかった。

「主どのにお目にかかりたい」

「お約束でも」

十六夜の要求に手代が問うた。

「いいや」

「では、お目にかかるのは難しいかと。主は多忙でございまして」

男装していて身分もわからない女に、そうそう主を会わせるわけにはいかない。

手代の対応は正しかった。

「……山科さまの使いである」

すっと手代に近づいた十六夜が、あたりに聞こえないよう小声で告げた。

「……ひえっ……えっ」

音もなく側に来た十六夜に驚いた手代は、一拍後、ささやかれた名前に目を剝《む》いた。

「主どのに伝えよ」

「は、はい。しばらくお待ちを」

山科の名前は須磨屋にとって大きい。京から大奥へ入った山科は、その出自もあって江戸の女たちのあこがれである。その山科お気に入りの化粧小物を取り扱っている須磨屋には、女の客が引きもきらない。つまり、山科のお陰で商いが成りたっているのだ。もし、山科に嫌われて、出入りという看板を取りあげられたら、須磨屋は一月《ひとつき》ももたない。

「だ、旦那《だんな》さま」

手代が奥の間に駆けこんだ。

「騒がしい。店は開いているんだ。静かにせんか。須磨屋のお客は女だぞ。騒々しく落ち着けない店には、来てくれなくなる」

須磨屋喜兵衛《きへえ》が、手代を叱った。

「や、山科さまのお使いがお見えです」

詫びをすっ飛ばして、手代が告げた。

「なんだと」

苦い顔をしていた須磨屋喜兵衛が、驚愕《きょうがく》した。

「両刀を腰に差した女武者が、店先に」

手代が十六夜の説明をした。

「別式女というやつだな」

出入りをしているだけに、須磨屋喜兵衛は大奥のことに詳しかった。

「丁重に、客座敷へ通せ」

須磨屋喜兵衛が指示した。

「なにしに来た。先日の依頼の確認か。人を殺すのが、そうそうできる話ではないことくらいわからないのか。これだから大奥の女中は世間を知らねえ……」

文句を言いながら、須磨屋喜兵衛は客間へと移り、下座に腰をおろした。

「こちらで」

待つほどもなく、先ほどの手代が十六夜を案内してきた。

「どうぞ、あちらへ」

須磨屋喜兵衛が上座を示した。

「うむ」

十六夜が床の間を背にした。

「須磨屋喜兵衛でございまする」

「山科さまの局で火の番を務める十六夜である。見知りおいてくれるよう」

二人が名乗りあった。

「いつも山科さまにはお世話になっておりまする。お呼びくだされば、七つ口まで

「ご命とあれば、いつなりと参りましたものを」

わざわざ来てくれなくてもよかったと須磨屋喜兵衛が述べた。

「お方さま、急ぎのご命でな」

十六夜が応《こた》えた。

「先日のお話でございましたら、今少しご猶予をいただきたく。すでに伊賀者を殺す手配はしてありまするが、なにぶんにも人の命を奪うとなれば、相応の準備が要りまする」

苦情を言われる前に、須磨屋喜兵衛が言いわけをした。

「ああ。それはわかっている。もっともいつまでも先延ばしにしてもらっては困るがな」

山科が須磨屋喜兵衛に、局を探っていた伊賀者の始末を依頼したことを十六夜は知っていた。

「では、本日は……」

用件が違うと言われた須磨屋喜兵衛が警戒した。

「御広敷番医師矢切良衛を存じておるか」

「あいにく」

大奥出入りとはいえ、さすがに任命されたばかりの御広敷番医師のことまではわからない。須磨屋喜兵衛が首を左右に振った。

「その者を懐柔し、なにをしているかを訊《き》き出せとのご指示である」

十六夜が山科の命を告げた。

「訊き出せ……どのような」

あまりに大雑把すぎると須磨屋喜兵衛が困惑した。

「矢切はお伝の方さまのもとに出入りしている。そこであったこと、見聞きしたことのすべてだ」

「お伝の方さま……」

大奥で御台所に次ぐ実力者の名前に、須磨屋喜兵衛が少しだけ身を退いた。山科がいかに京から行儀作法を教えるために大奥へ下った公家の娘で上臈の地位にあるとはいえ、お伝の方とでは、勝負にならなかった。たしかにもと公家の娘で、大奥女中最高の上臈である。側室で中臈にすぎないお伝の方よりも格は上だが、実質の権となればお伝の方が山科を圧倒していた。

「今さら、逃げられるとでも思うのか」

逃げ腰になった須磨屋喜兵衛に十六夜が気づいた。

「……いいえ」

須磨屋喜兵衛が座り直した。

「お言いつけとあれば、矢切を口説き落としましょう。その代わり、一つお願いがございまする」

「願い……申してみよ」

山科の名代として来ている十六夜は、須磨屋喜兵衛を促した。

「先日のご依頼もございまする。今回のことも……そこでこの二つを果たします代わりに、大奥御用達の看板をいただきたく」

須磨屋喜兵衛が要求した。

大奥出入りと御用達は大きく違っていた。出入りは、たった一度品物を納めただけでも名乗れた。もちろん、そのていどで出入りだと言い続けていると、町奉行所から手痛いお灸《きゅう》を据えられる。これは何度品物を納めても同じであった。出入りを止められれば、それまでであり、町奉行所の指導があれば、使えなくなる看板でしかなかった。

対して御用達は、正式に大奥に品物を納める商人として認められることをいった。御用達となれば、店の看板にその文字をつけられるだけでなく、大奥から取り消されない限り、数年出入りしなくても名乗り続けられる。

もちろん、町奉行所も手出しできなくなる。これは看板だけの問題ではなく、大奥御用達の商人ともなると、町奉行所が勝手に潰《つぶ》すわけにはいかなくなるのだ。一度御広敷へ相談を持ちかけ、大奥の了承をもらって、御用達の看板を奪わないと町奉行所の手出しはできない。これも慣例であり、よほどの緊急のことでもあれば、慣例を無視してもよいが、確実にあとで大奥から文句が出た。大奥から見れば、権威を町奉行所に傷つけられたとなるからである。

「御用達か……話が大きすぎて、ここでの返答はできぬ。お方さまにお伺いせねばならぬ」

裁量をはるかにこえる願いに、十六夜が預かると言った。

「けっこうでございまする。ただし、御用達のお話が決まりますまで、以後の御要望はお断りさせていただきまする」

須磨屋喜兵衛が条件を付け加えた。

「きさま、お方さまに脅しをかけるつもりか」

十六夜が憤慨した。

「とんでもない」

大きく須磨屋喜兵衛が手を振った。

「ですが、わたくしは商人でございまする。商人はなんのために動くか。利でございまする。利のためにこそ商人は働く」

「…………」

「山科さまのお陰で大奥出入りという看板を使わせていただき、かなり店を大きくすることができました」

沈黙した十六夜をおいて、須磨屋喜兵衛が続けた。

「お方さまのご恩だぞ」

「わかっておりまする。かなり儲《もう》けさせてもいただきました。ですが、先日のご献金、人殺しの手配、そして今回の医師籠絡《ろうらく》と、少しわたくしの持ち出しが多くなっております。つまり、利がなくなってしまいました」

須磨屋喜兵衛が十六夜を見た。

「少し、こちらにいただきませぬと。利のないことを商人はいたしませぬ。そのようなまねをすれば、店が潰れますので」

「……出入りを止められてもいいのだな」

言う須磨屋喜兵衛へ、十六夜が反した。

「よろしいので」

十六夜の脅迫にも須磨屋喜兵衛の態度は変わらなかった。

「…………」

余裕ある須磨屋喜兵衛の姿に、十六夜が沈黙した。

「お方さまからいただいたお手紙を、わたくしは大切に保存しておりまする。なにせ、家宝となるものでございますので」

「手紙……きさまっ」

十六夜が気づいた。

「伊賀者の始末をご依頼くださった文を、そのまま評定所へお出しすればどうなりましょう。いえ、お伝の方さまか、御台所さまへお渡しすれば……」

「お方さまを売ると」

「とんでもございませぬ。わたくしが無事で、須磨屋が続く限り、お方さまのご恩は忘れませせぬ」

笑いを浮かべながら、須磨屋喜兵衛が述べた。

「おのれえ」

山科に忠誠を誓う十六夜である。憤慨で顔を赤くしたが、それ以上なにも言えなかった。

「もちろん、大奥御用達のお許しをいただけましたら、今まで以上に合力をさせていただきまする」

須磨屋喜兵衛が告げた。

「……お伺いしてくる」

海千百千の商人相手に、大奥の火の番、それも武芸だけの別式女では対抗できない。うかつな返答をして言質を取られでもすれば、大事になる。そそくさと十六夜が退却した。

「ふん、舐《な》めるなよ。いつまでも、いいように使えると思うな」

十六夜を見送った須磨屋喜兵衛が嘲笑《ちょうしょう》を浮かべた。

「番頭」

「へい」

呼ばれた壮年の番頭が、小腰を屈《かが》めた。

「切《き》り餅《もち》を二つ用意しておくれ。ちょっと出かけてくる」

「ひとまとめでよろしゅうございますか」

主《あるじ》の要求に、番頭が問うた。

「いや、袱紗《ふくさ》二つに分けてくれ。あと、紙入れに十両ほど別に入れておいてくれるよう」

「丁稚《でっち》をお連れ下さい」

大金を一人で持ち歩くのは危ない。番頭が提案した。

「いいや、一人でいいよ。医者へいくだけだからね」

須磨屋喜兵衛が断った。

「医者……どこかお悪いので。ならば、いつもの等安《とうあん》先生を」

かかりつけの医者を呼ぼうと番頭が言った。

「身体は元気だよ。なに、医者を一人懐に取りこもうと考えているのさ」

「…………」

番頭が首をかしげた。

「大奥とかかわりのある医者でね。懐柔しておけば、いずれ使えるときもあるだろう」

「さようでございましたか」

真実を隠した須磨屋喜兵衛の説明に、番頭が納得した。

「医者なんぞ、金に弱いものだからね。なんとか最初の二十五両で落としたいと思うよ。最悪五十両までは覚悟しているが……」

須磨屋喜兵衛が難しく眉《まゆ》をひそめた。

「金は、生きて遣わないとね。無駄金にはしたくないねえ」

商人らしい顔で須磨屋喜兵衛が嘆息した。

二

宿直《とのい》明けの翌日は丸一日の休みであった。いや、休みのはずだった。

「毎日来い」

伝の方の一言は、そんな慣例をあっさりと破った。

「これで終わりか」

「はい。今の患家で午前中は終わりでございまする」

良衛の父の代から仕えてくれている老爺《ろうや》の三造《さんぞう》が首肯した。

「昼餉《ひるげ》を頼む」

三造に命じて、良衛は奥へと入った。

「お出かけでございますか」

昼餉をすませた良衛が身形《みなり》をあらためるのを見た妻の弥須子《やすこ》が訊《き》いた。

「うむ。往診と御広敷へな」

「お休みでございましょう」

弥須子が首をかしげた。典薬頭今大路兵部大輔の娘である弥須子は、幕府医師のしきたりにも精通している。

「お伝の方さまのな」

良衛は事情を話した。

「それは、よろしゅうございました。お伝の方さまといえば、上様のご寵愛《ちょうあい》ひとかたならぬお人。そのお伝の方さまに見込まれたとあれば、あなたさまの出世はまちがいございませぬ」

弥須子が喜んだ。

今大路兵部大輔の娘とはいえ妾腹《しょうふく》だった弥須子は、正室腹の姉二人にかなりの嫌がらせをされて育った。とくに下の姉である釉《ゆう》にはかなりきついいじめを受けた。その姉の釉は今、名医奈須玄竹の孫で二代目の奈須玄竹の妻になっている。

二代目奈須玄竹は、初代奈須玄竹の名を受け継いだが、若いためまだ寄合医師のままであった。

寄合医師は、奥医師の控えと言われる。常時江戸城に詰めず、自宅で医術研鑽《けんさん》を積んで、奥医師として召し出されるのを待つ。

弥須子としてみれば、紬の夫奈須玄竹が奥医師になる前に、良衛を出世させ、姉を見返したいのだ。

「そううまくはいかぬぞ。御広敷番医師は、女医師とも言われる。産科ならばいざしらず、外科でここから奥医師へ進んだ者は少ない」

良衛は期待する妻に希望を持ちすぎるなと釘《くぎ》を刺した。

「ならば、産科に鞍替《くらが》えを。父に願えば、それくらい」

「弥須子」

良衛が声を低くした。

「あっ……」

夫が怒っていると気づいた弥須子の顔色がなくなった。

「医術がそのように簡単なものではないと、そなたは十分知っているはずだぞ」

「……ですが、せっかくのご出世の糸口が」

「出世をわたしは求めておらぬ。何度申せばわかるのだ」

良衛はため息を吐いた。

幕府医師は名誉ではあるが、一日詰めても患家一人さえない日がある。患者を診ることがなによりの研鑽となる医師にとって、お城詰めは勉強にならない。良衛にとって、幕府医師は魅力ないものでしかなかった。

「義父上《ちちうえ》のご推挙ゆえ、御番医師を務めているが、わたしはそろそろ役目を退こうかと思っている」

「なにを仰せられまする」

弥須子が息を呑《の》んだ。

「最近、まともに医術を学んでおらぬ。このままでは、腕が錆《さ》びついてしまう。最新の知識、療法を知らぬ医師など、意味がない」

「奥医師になられてからでも、勉学はできまする」

「それまでの間、何人の患家を見殺しにすればいい。最新の医術を知っていたら助けられた人を……」

「…………」

冷たい良衛の言葉に、弥須子が黙った。

「では、往診に行ってくる。そのまま大奥へ入るゆえ、帰宅は遅くなるぞ」

良衛は腰をあげた。

「あ、あなた」

弥須子が震えていた。

「明日《あした》は当番だ。早めにやすまなければならぬ」

良衛は声を低くした。

「風呂《ふろ》をすませておくように」

妻に風呂をというのが、閨《ねや》ごとの合図であった。

「はい。旦那《だんな》さま」

弥須子が少しだけ目を大きくして、頬を染めた。

「……行ってくる」

町人の娘ながら美貌《びぼう》で今大路兵部大輔の側室となった母の血を濃く引く弥須子は、衆に優れた容姿をしている。まだ三十路《みそじ》に達していない妻の恥じらう姿に、良衛は見とれた。

二百俵ていどの旗本に、玄関式台は許されない。ただ、医師は別である。駕籠《かご》で担ぎ込まれる患家を迎えられるよう、立派な玄関と式台を矢切家は持っていた。

「いってらっしゃいませ」

「お気をつけて」

弟子の吉沢と三造に見送られて、良衛は屋敷を後にした。

「今日はこれで失礼する」

良衛の姿が見えなくなると、吉沢が口を開いた。

「へい」

三造がうなずいた。

矢切家を出た吉沢は、あたりに気を配りながら早足に進んだ。

「来られているか」

吉沢が着いたのは、両国《りょうごく》の茶店であった。

将軍も五代を数え、天下は泰平に慣れた。戦の恐れがなくなると人々の生活は豊かになり、贅沢《ぜいたく》を求めるようになる。また膨張を続ける江戸は、まだまだ男手を要している。大工に人足と、力仕事をする男は、一日仕事をすれば疲れ果てて食事の支度などやる気にならない。そこで、ちょっとしたものを喰《く》わせる簡単な作りの出店ができはじめ、そのなかのいくつかは、他人目《ひとめ》を気にする者を対象に、小座敷を設けるようになってきた。

「はい。一番奥の小上がりで、お待ちでございまする」

顔なじみの店主が、指さした。

「遅れたかな」

「そうですねえ。およそ小半刻《とき》ほどだと思いますが」

声を落とした吉沢に、主《あるじ》も合わせた。

「それくらいならば、いいか」

吉沢がほっと息を吐いた。

「ようやくか」

小上がりに顔を出した吉沢に、座っていた中年の武家が苦情を申し立てた。

「すみませぬ。なにぶん、矢切の留守を狙わねばならず」

吉沢が詫《わ》びた。

「儂《わし》はそなたと違って忙しいのだ。まあいい、今後は気を付けろ。で、現物は手に入ったのか」

「……申しわけございませぬ」

手を出した中年の武家に、吉沢が頭を下げた。

「まだだと。あれから何日経っていると思うのだ。殿からきつく申し渡されているのだぞ」

中年の武家が怒声を発した。

「厳重に鍵《かぎ》がかけられておりますうえに、その鍵を矢切は肌身離さず首にかけておりまして」

吉沢が言いわけをした。

「鍵くらい壊せ」

「やってみましたが、頑丈な薬簞笥《だんす》で、まったくどうしようもございませなんだ」

「その腰の刀は飾りか」

「刀でどうこうなるものではございませぬ」

「ならば、鑿《のみ》でも斧《おの》でも使え」

冷たく中年の武家が命じた。

「ですが、それをしてしまえば、わたくしはもう矢切のもとにおられませぬ。いえ、江戸におることさえかないますまい」

弟子が師匠のものを盗んで逃げる。儒学を政の中心にしている幕府から見れば、許せない大罪である。それこそ町奉行所が目の色を変えて捕まえようとする。

「わかっている。そのときは、名古屋へ落としてくれる。名古屋で殿の弟子であった医家のところへ行け。そこで三年ほど我慢せい。さすれば、医術皆伝の免状を殿が下さる」

「医術皆伝……」

吉沢が音を立てて唾《つば》を呑んだ。前髪の取れる十代初めころから十年修業してもまずもらえないのが医術皆伝の許しである。奉書紙に墨書されただけのものだが、持っているとないとでは大きな違いがある。さすがにいきなり幕府医師になれるほどではないが、ちょっとした大名のお抱え医師となるくらいはできる。少ないが禄《ろく》を得て、安定した生活を送られるのだ。

「三年あれば、ほとぼりも冷めよう。なにより、その和蘭陀渡りの新薬を得た我が殿が、今大路を圧倒するのは確実だ。典薬頭から今大路を追い落としてしまえば、矢切も連座する。幕府医師を辞めさせられるのは当然、家も潰《つぶ》されよう。安心して、そなたは江戸へ帰って来られる」

中年の武家が吉沢を唆した。

「金の心配もするな。名古屋で三年、遊んで暮らせるくらいの金を用意してやる」

「……はい」

吉沢が勢いづいた。

「明日は矢切が当番であったな」

しっかりと良衛の予定を中年の武家は把握していた。

「さようでございまする」

「ならば、明日にしよう。そうよな。江戸から離れるのだ。品川で待ち合わせとしよう」

「明日でございますか……」

急な話に吉沢が戸惑った。

「今さら躊躇《ちゅうちょ》するつもりか。遅くなればなるほど、そなたが医術皆伝のお墨付きを手にするのも先になるだけぞ」

中年の武家が決断を促した。

「旅の用意もこちらでしてやる」

「しかし、手形がございませぬ」

吉沢が間に合わないと言った。

旅をするには、出身地の家主あるいは菩提寺《ぼだいじ》の和尚などが身元を保証する手形が要った。武家と芸人は不要だが、御家人の次男、三男などは、そもそも江戸にくくられており、旅をすることさえ許されていなかった。これはいざ鎌倉《かまくら》というときに、戦力が足りなくては困るからである。諸国武芸修行、あるいは神仏祈願などであれば、江戸を出ることもできるが、それにはかなり前から届け出て、許可を待たなければならなかった。

「大事ない、当家の家臣と言えばいい」

なんのことはないと中年の武家が述べた。

家臣は主君の名前、家中での身分氏名、旅の目的を告げるだけで関所を通過することができた。

「それならば……」

ようやく吉沢が前向きになった。

「では、明日《あした》の夕刻七つ（午後四時ごろ）に、品川宿の西外れでな」

「わかりましてございまする」

待ち合わせを指示した中年の武家に、吉沢が大きく首肯した。

良衛は伊田美絵の長屋を訪れていた。

「いかがかの」

「おかげさまで、快調でございまする」

美絵がほほえんだ。

「それは重畳」

良衛も笑った。

「お仕事はいかがかの」

「なんとか、女一人食べていくことはできておりまする」

呉服の仕立ての手間は安い。天下の城下町として毎日のように新しい屋敷や家が建つ江戸は総じて、外で働く者の日当が高く、家のなかでする仕事は下に見られるきらいがあった。

「美絵どののお仕事はていねいだからの」

良衛も一枚美絵に仕立ててもらっていた。

「ありがとう存じまする」

褒められた美絵が、うれしそうに答えた。

「……紅を掃かれている」

美絵の唇が美しく輝いていることに良衛は気づいた。

「鏡をいただきましたので……」

恥ずかしそうに美絵が目を伏せた。

「使っていただいているか」

良衛は喜んだ。

美絵が口にした鏡とは、良衛が贈ったものだ。小袖《こそで》を一つ仕立ててもらったお礼として渡した。さほど高いものではないが、懐中鏡としてはなかなかのものであった。

「はい。毎朝、見ておりまする」

目を開けて美絵がうなずいた。

「それはよかった」

「あの……いかがでございましょう」

化粧のことを美絵がおずおずと問うた。

「よくお似合いだ。顔色が映えてよろしゅうござる」

良衛は断言した。

「……ありがとう存じまする」

ふたたび美絵が照れた。

「……………」

うつむいた美絵のうなじの白さに、良衛は目を奪われた。

「いや、なにもないならば、なにより。これで失礼しよう」

良衛はうちからわき上がってきた男としての要求に慌てた。

「あっ……」

美絵があわてて顔をあげた。

「せめて白湯《さゆ》だけでも」

「これからお城にあがらねばならぬのだ」

引き留めようとする美絵に、良衛は申しわけなさそうに告げた。

「お役目でございましたか。無理を申し、失礼をいたしました」

御家人の妻だった美絵である。御用と聞いた途端、背筋を伸ばした。

「今度はゆっくりと来る。そのときは、白湯を馳走《ちそう》してくれ」

「はい。お待ちいたしております」

良衛の言葉に、美絵が強く首肯した。

「ではの」

手を振って良衛は美絵の長屋を出た。

「お気をつけて」

初めて美絵が長屋の戸障子まで見送りに立った。

「お、おう。かたじけない」

まるで妻のような対応に、良衛はうろたえた。

三

機嫌良く大奥へ入った良衛は、伝の方の局《つぼね》で、麻乃監視のもと佐久の治療をおこなった。

「本日はこれくらいにいたしましょう」

医師とはいえ、男に足を触られた佐久が身体を硬くするのは当たり前だが、そうなれば筋が張って治療しにくくなる。縮んだ筋を傷つけず、伸ばすのは難しい。良衛は緊張で普段の倍以上疲れていた。

「……………」

「ご苦労であった」

無言でそそくさと身なりを整えた佐久が別室へ逃げ、麻乃が良衛をねぎらった。

「すごいものだの」

麻乃がみずから茶の用意をしながら、感心した。

「先日の施術で、ずいぶんと佐久の調子は良くなったぞ」

「それはよろしゅうございました。ですが、それは最初の反応で、これからどんどん違いがわからなくなっていきまする」

良衛は汗を拭《ふ》きながら答えた。

「なぜじゃ」

薄茶を点《た》てた麻乃が、良衛へと差し出した。

「かたじけのうございまする」

喉《のど》が渇いていた良衛は、礼を述べた。

「麻乃さま、今、あなたさまの心の臓が、昨日とどう違うかおわかりでございましょうか」

「わからぬな。心の臓が動いているかどうかさえ気にしたことはない」

訊《き》かれた麻乃が首をかしげた。

「それは心の臓が正常だからでございまする。人は正常なものを認識しないようにできておりまする」

「認識しない……」

「はい。もし、心の臓の鼓動が聞こえたら、身体を巡る血潮の流れる感触を認識したら……」

良衛が麻乃の顔を見た。

「うるさくてたまらぬな。なるほどの、正常に近づけば、その差違に気づかなくなると」

麻乃が理解した。

「はい」

如実な効果が目に見えなくなると患者は不安になる。不安になれば、効果が見えるようにしようと無理をする。佐久のような股関節《こかんせつ》の異常だと、足をむやみに引っ張ったり、長時間歩いたりしかねないのだ。それを抑制するために、良衛はわざと麻乃に問答のような話をしかけた。

もっとも、効果がでないと佐久が言い出したとき、良衛の施術に問題があると伝の方や麻乃に思わせないための布石でもある。

こうやって医師は、己の身を守った。

「ところで……」

「伊賀者の傷のことであろう」

「はい」

麻乃の返答に良衛はうなずいた。それを訊くために、毎日大奥まで往診しろという無茶な命に従っているのだ。

「伊賀者を襲撃したと思われているのは、行儀作法教授役の上臈山科どのの局に属する火の番、十六夜」

「山科さま……」

「知っているのか」

良衛の反応に、麻乃が表情を険しくした。

「御広敷番医師となって最初に呼ばれたのが、山科さまの局でございました」

女中が捻挫《ねんざ》したとして呼び出されたのを良衛は覚えていた。

「治るまで診るようにと言われておりましたが……」

「その後の呼び出しはない」

「はい」

確認するような麻乃へ、良衛は首を縦に振った。

「ことのあとあらたに異動してきた医師……どのような者か、確かめたのだな」

「おそらく」

大奥で寵姫《ちょうき》の腹心を務める。裏を読めないようでは務まらない。そして良衛も、いろいろ厄介ごとを押しつけられてきた。

二人が顔を見合わせた。

「山科さまとはどのようなお方でございましょう」

良衛は問うた。

「都の公家《くげ》山科権中納言さまのご一門に繫《つな》がる家柄で、十六歳で大奥へ行儀作法教授役として下り、二十年ほどになる」

麻乃が簡素な説明をした。

「十六夜という別式女は」

「そのような身分低き者のことなど知らぬ」

あっさりと麻乃が否定した。

「……問題は」

それ以上十六夜について訊くほど良衛も愚かではない。

「山科さまの局に伊賀者がいたということでございますな」

「そうか。我が局にも伊賀者はおるぞ」

麻乃が首をかしげた。

「えっ……」

意外な麻乃の反応に、良衛は驚いた。

「当たり前であろう。お方さまは上様のお寵愛《ちょうあい》深いお腹さまである。万一のことがあっては困ろう。警固のための伊賀者がついている。言うまでもないが、同室などかなわぬぞ。天井裏か、床下か、目につかぬところにおるはずじゃ」

「ああ」

言われて良衛は納得した。

「では、山科さまの局に伊賀者がいても不思議ではないと」

「であろうな」

麻乃は断言しなかった。

「いて当たり前の伊賀者を、火の番が排除した」

良衛は意味がわからなかった。

「麻乃さま」

襖《ふすま》が開けられることなく、外から声がかけられた。

「なんじゃ」

「上の御錠口番よりお報せでございまする。今宵、上様がお方さまをお召しになられまする」

「なに。それはいかぬ。急ぎ、用意をせねば」

綱吉が伝の方を夜伽《よとぎ》に呼んでいるとの報告に、麻乃が焦った。

「では、わたくしはこれで」

いても邪魔になるだけである。良衛は辞去することにした。

「お医師」

立ちあがった良衛を麻乃が止めた。

「なんでございましょう」

中臈は御広敷番医師よりも格が高い。立ったままで目上の用件を聞くのは無礼になる。良衛は片膝《かたひざ》をついた。

「佐久は御用に耐えられるか」

「労りながらであれば、問題ございませぬ」

良衛は条件をつけた。

「上様に、そのようなお気遣いを願うわけにはいかぬ」

麻乃が首を左右に振った。

「今日はお目通りを願わぬほうがよさそうじゃな」

「…………」

男と女の仲ならまだしも、側室を局から出すというのは、大奥の権力争いの手段なのだ。良衛は口を出さなかった。

「ご苦労であった。明日《あした》も頼むぞ」

「承知いたしました。では、わたくしはこのまま下城いたしまする」

もう呼び出さないでくれと言外に含めて、良衛は伝の方の局を出た。


表を掃いていた三造は、ゆっくりと近づいてくる身形《みなり》の良い町人に気づき、手を止めた。

「こちらは矢切先生のお屋敷でございましょうか」

足を止めた町人がていねいに一礼してから、尋ねた。

「さようでございますが、あいにく主《あるじ》は他行いたしておりまする」

相手の名前を確認する前に、良衛の留守を三造は告げた。これは、医師を求めに来た相手が、良衛の不在を少しでも早く知り、他医へ行けるようにとの配慮であった。

「さようでございましたか。お戻りは」

「夕刻は過ぎるかと」

問われた三造が答えた。

「申し遅れました。わたくし浜町で小間物を商っておりまする須磨屋喜兵衛でございまする」

須磨屋喜兵衛が名乗った。

「……須磨屋さま」

三造が首をかしげた。父の代から仕えている三造は、矢切家の患者のほとんどを記憶していた。

「初めて訪れさせていただきました」

須磨屋喜兵衛が、初見だと伝えた。

「診察でございましたら……」

「いいえ」

待っているよりは別の医師にと言いかけた三造を須磨屋喜兵衛が遮った。

「矢切さまにお目にかかりたいのでございますが」

「いつ戻りますかわかりかねまするので、お待ち願うというわけにも参りませぬ。お出直しをお願いさせていただくしか。ただ、明日、明後日《あさって》はお城でございますので、三日目以降で」

「待たせていただきたいとは申しませぬ。どこかでときを過ごして参りまするので、もう一度後ほどお訪ねしても」

「それはかまいませぬ。医師でございますれば、いつでも」

医師の門は閉ざされてはならないというのが、矢切家の家訓である。

「ありがとう存じまする。では、また」

深く腰を折って、須磨屋喜兵衛が背を向けた。

「浜町の須磨屋といえば、江戸で指折りの小間物屋だ。その主にしては、ずいぶんと腰の低いお方だ」

三造が感心した。

良衛は日が落ちる前に帰宅した。大奥の出入り口の一つである七つ口は、その名のとおり七つ(午後四時ごろ)に閉じられる。医師の出入りする下の御錠口は、一日中出入りできるが、七つ口を警固している御広敷番とのかねあいもあり、宿直番《とのい》でない限り、七つ前には退出するのが慣習となっていた。

「旦那《だんな》さま」

三造が訪問者について報告した。

「浜町の須磨屋……知らぬなあ」

良衛は怪訝《けげん》な顔をした。

「お旗本ならば、城中で診察させていただいたかも知れぬが……」

医者というのは、患者のことをよく覚えている。さすがに一度診ただけでもすべて覚えているかといわれると肯定できないが、おおむね顔と症状は一致した。

「用があるならば、また来るであろう」

良衛は奥へと入った。

「どうぞ」

夕餉《ゆうげ》の用意はすでにできていた。湯上がりとわかる上気した顔で、弥須子が給仕をした。

「…………」

妻の機嫌を取り結ぶため己の言ったこととはいえ、なんともいえない雰囲気に良衛は、なにを食べても同じ味しかしなかった。

「お風呂《ふろ》を」

「ああ」

食べ終わった良衛は、弥須子の勧めに従って、衣服を脱ごうとした。

「旦那さま」

「三造、かまわぬ」

夫婦の部屋の襖を許しなく三造は開けない。良衛は許可した。

「ごめんを……須磨屋さまがお会いしたいと」

襖を開けた三造が告げた。

「こんな遅くに」

弥須子が不満を口にした。

「いや、まだ暮れ六つくらいだろう。そう怒ってやるな」

時の鐘を聞き逃しているが、体感でそのくらいはわかる。良衛は弥須子を宥《なだ》めた。

「いかがいたしましょう」

初めての家を訪れるには、常識はずれと非難されるほどには遅い。三造が問うた。

「かまわぬ。待合いで会う」

良衛はさきほど三造が、遅くても医者の家はかまわないものだと言って、一度帰したと聞かされている。ここで拒むと三造が嘘を述べたことになりかねない。

「すみませぬ」

詫《わ》びた三造が、戻っていった。

「あなた」

弥須子が声を尖《とが》らせた。

「すぐに帰す。わざわざ来たのだ。会うくらいはよかろう」

良衛は弥須子の肩に手を置いた。

「先に部屋へ行っているがよい。だが、寝るなよ」

「……はい」

弥須子が小さくうなずいた。

「お待たせした」

さすがに着流しで出るわけにはいかないと良衛は袴《はかま》を穿《は》いてから、須磨屋喜兵衛の待つ待合いへと入った。

「遅くに申しわけございませぬ。浜町の小間物屋須磨屋喜兵衛でございまする」

「矢切良衛でござる」

須磨屋喜兵衛の名乗りに良衛も応じた。

「いや、お若いですな。その若さで御広敷番医師とはかなりおできになる」

須磨屋喜兵衛が褒めた。

「いや……」

良衛は須磨屋喜兵衛へどう反応していいか悩んでいた。

「失礼ながら、浜町の須磨屋どのといえば、江戸で聞こえた小間物屋であろう。その主が、愚昧《ぐまい》になんの御用でござろうか」

わからないことは訊《き》けばいい。わけもわからず投薬したり、施術したりする医者など害悪以外のなにものでもない。わからないものはわからないとして、教えを請う。それが被害をもっとも少なくする方法と、修業時代に師から教えられた訓示である。良衛は直截《ちょくせつ》に問うた。

「まっすぐなところも結構でございますな」

須磨屋喜兵衛が笑った。

「お伝の方さまのところへお出入りなされているとか」

「……よくご存じである」

良衛は警戒した。

「小間物などを扱っておりますると、大奥とは縁ができまして」

にこやかな顔のままで須磨屋喜兵衛が応じた。

「それがなにか、須磨屋どのとかかわりでもあるのかの」

「いかがでございましょう。お伝の方さまの局《つぼね》でなされたお話、見聞きしたことなどをわたくしにお教えいただけませんでしょうか」

「できようはずはない。大奥のなかのことは外で話さぬのが決まりである」

須磨屋喜兵衛の求めを、良衛は一蹴《いっしゅう》した。

「大奥は将軍の私《わたくし》である。ここで綱吉は将軍という鎧《よろい》を脱ぎ、男として女を求めるのだ。男というのは好きな女と一緒にいるときほど口が軽くなる。睦言《むつごと》といえば、それまでのことだが、将軍の口から出るには違いない。その影響力はすさまじい。ゆえに綱吉が執政の誰かの悪口を漏らしたりして、それが表に出れば大事になる。

大奥の女中たちは、最下級の雑用係であるお末にいたるまで、なかで見聞きしたことは生涯他人に話さないという誓約書を書かされた。

「そこをお願いしたいのでございますよ。大奥の動向は、わたくしどもの商いに大きな影響を与えますので。もちろん、ただとは申しませぬ」

須磨屋喜兵衛が、懐から袱紗《ふくさ》包みを出し、中身を見せた。

「二十五両ございまする。これはお願いのお金。お話をしてくださるたびに、別途お代金をお支払いいたしまする」

そう言って須磨屋喜兵衛が、切《き》り餅《もち》をすっと差し出した。

「お断りしよう」

良衛は拒んだ。

「おや、少のうございましたか。では、もう一つ」

須磨屋喜兵衛がもう一つ切り餅を加えた。

「五十両。ちょっと口を緩くするだけで、これがあなたさまのものになりまする。医者をなさっていても、そうそうこれだけの金は儲《もう》かりますまい」

下卑た笑いを須磨屋喜兵衛が浮かべた。

「いくら積まれても同じでござる。大奥のことを漏らしたとあれば、御広敷番医師を辞めさせられるだけでなく、家も潰《つぶ》されまする。我が家の成り立ちをご存じないようだ」

良衛があきれた。

「存じておりますよ。さきほど少し暇がございましたので、ご近所でいろいろと伺って参りました。矢切さまはもともと小普請組の御家人だったとか。それが典薬頭の今大路兵部大輔さまのお姫さまを娶《めと》られたことで幕府医師となられたうえ、旗本へと身上がりなされた」

滔々《とうとう》と須磨屋喜兵衛が述べた。

「よくお調べだ」

嫌な顔を良衛はした。

「ご近所というものは、他家の出世を妬《ねた》むものでございますよ。とくにお武家さま

の場合は。なにせ、戦がございませんから、手柄を立ててのご加増がございませ
ん」
　須磨屋喜兵衛が口の端をゆがめた。
「わかりました。もう十両お出ししましょう」
　懐から紙入れを出した須磨屋喜兵衛が小判を並べた。
「あと、もし御上からお咎《とが》めを受けられたときは、当家のかかりつけ医師としてお
抱えしましょう。他にも知り合いを何人でもご紹介いたしますよ。皆、蔵を構える
立派な商家ばかり。節季の付け届けだけで、年に百両はいきましょう。それ以外に
薬代、駕籠《かご》代などあわせれば、まちがいなく今以上の生活ができまする」
　須磨屋喜兵衛が条件をさらに上乗せした。
「そういう問題ではない。不愉快だ。お帰り願おう」
　さすがに良衛も我慢の限界であった。
「よろしいので、この須磨屋を敵に回すことになりますが。わたくしが一言口にす
るだけで、ここに患者は来なくなりますよ」
　笑みのまま須磨屋喜兵衛が、声を低くした。
「かまわぬ。江戸だけが天下ではない」

「……なっ」

須磨屋喜兵衛が絶句した。

「忘れてはおらぬか、吾《わ》が義父《ちち》は典薬頭だ。愚昧が一言願えば、典薬頭が動く。江戸中の医者を動かすこともできる。貴家の出入り医者をなくすこともの」

「こいつっ。わたしを脅す気か」

良衛の言葉の奥を理解した須磨屋喜兵衛が睨《にら》んだ。

「同じことを返しただけだ。さっさと帰れ。三造」

不愉快だと良衛は手を振った。

「へい」

外で待機していた三造が、須磨屋喜兵衛の身体に手をかけた。

「下人風情が触るな」

須磨屋喜兵衛が、三造の手を払った。

「後悔させてやるぞ」

そう言い残して、須磨屋喜兵衛が足音も荒く出ていった。

「塩を撒《ま》いておきまする」

その後を三造が追った。

「やれ、底の浅いやつだ。それにしてもきなくさい」

待合いを後にしながら、良衛は嘆息した。

「お伝の方さまのもとへ呼ばれるなり、須磨屋が来た。大奥のことが筒抜け過ぎる。後ろにおるのは……」

良衛は須磨屋喜兵衛が、大奥女中の依頼で動いているのだろうと考えていた。

「山科さましかおるまいなあ」

今後の面倒を思って大きく良衛は嘆息した。


「待たせた」

寝室の襖《ふすま》を開けた良衛は、夜具の横で端座している弥須子の側に座った。

「いかがでございました」

大柄な良衛は、座っても弥須子を見下ろすかたちになる。

常夜灯の薄明かりのなかに、弥須子の襟足が白く浮いた。良衛は昼間に見た美絵の姿を重ね合わせた。

「……先に詫《わ》びておく。今夜は手荒い」

問うた妻に宣言して、良衛は弥須子を押し倒した。

四

人が多く集まれば、闇も生まれる。江戸ほど大きな城下である。そこにできる陰も深い。

「いるかい」

埋め立てを始めた深川《ふかがわ》の片隅、人足たちが寝泊まりする掘っ立て小屋を泉水《せんすい》の親分と呼ばれる町方の御用聞き五郎次郎《ごろうじろう》が訪れた。

「旦那《だんな》で。お珍しい」

掘っ立て小屋の前で、大鍋《おおなべ》に雑穀を煮ていた老爺《ろうや》が、しわと区別の付かない細い目を少しだけ開いた。

「雑炊の親爺《おやじ》、頼まれごとなんだが」

「ちょいとお待ちを。もう少しでみんなの昼飯ができあがりやす。ここで手を離すと焦げちまいますのでね」

雑炊の親爺と呼ばれた老爺が、擂《す》り粉木《こぎ》を長くしたような棒で、鍋をかきまわした。

「……これでよしと。おい、火を落としておいてくれ」

離れたところで見ていた子供のような若い男に、雑炊の親爺が命じて、棒を渡した。

「旦那、お待たせいたしやした。こちらへ」

雑炊の親爺が、五郎次郎を案内した。

膨張する江戸の土地不足を解消するため開発されている深川も、もとは広大な湿地と浅い海であった。そこに木の杭《くい》を打って板を張り、水を抜いた後に土を入れる。こうして陸地を作っていく。ところどころ水抜きのために、水路を設けなければならないし、湿気も多いが文句は言えない。それだけ土地の需要は高いのだ。大工や左官などの技量がなくとも、土を運ぶだけの力があれば仕事はある。大川を渡った深川は、今、全国から江戸へ流れこんできた男たちであふれていた。

「おい、酒を用意しな」

掘っ立て小屋から少し歩いたところに、雑な作りながら屋根も壁もある家が数軒長屋のように並んでいた。その右端の戸障子を開けた雑炊の親爺が、なかにいた女に指示した。

「あい」

親子どころか孫ほど若い女がうなずいた。

「また、新しい女か。前のはどうした。腰の張ったいい女だったじゃねえか」

奥の板の間に通された五郎次郎があきれた。

「ああ、あいつなら、今隣の見世で客をとってやすよ」

なんでもないことのように雑炊の親爺が言った。

「女郎にしたのか」

己の女を遊女に落としたと聞いた五郎次郎が絶句した。

「うちの若いのとできてしまいましてね。そんなに男好きならば、女郎になれば毎日でも抱かれることができましょう。ちょっとした親切というやつで」

淡々と雑炊の親爺が口にした。

「その若いもんの行く末は訊《き》かねえことにするよ」

「…………」

言う五郎次郎に、雑炊の親爺がにんまりと笑った。

「どうぞ」

そこへ若い女が膳《ぜん》を運んできた。まず客である五郎次郎、続いて雑炊の親爺の前に置いた。

「酌を一杯だけしたら、向こうへ行っていな」

「あい」

雑炊の親爺の言葉に、若い女が素直にうなずいた。

「さてと、御用とはなんでございましょう。まさか、本当に御上の御用とかいわれるんじゃございませんよねえ」

「勘弁してくれ。たとえ手札を下さっている旦那の命でも、おめえを捕まえになんぞ来るものか。深川へ渡る前に、大川へ浮いてるわ」

五郎次郎が身震いをした。

「よくおわかりで」

満足そうに雑炊の親爺が笑った。

「人を一人殺してもらいたい」

「そんなていどのことで、わざわざ深川まで。旦那なら、両国あたりでそれくらいは手配りできましょう」

雑炊の親爺が首をかしげた。

「的がな、御家人、それも伊賀者でな」

「伊賀者……そいつは」

告げた五郎次郎に、雑炊の親爺が表情を引き締めた。

「あいにく、今まで伊賀者をやったことがないので、どのていど強いのかわかりやせんが、十分なお代金はいただけるのでございましょうね」

雑炊の親爺が確認した。

「いくらだ」

「そうでやすね。侍一人で十両いただいておりますが、伊賀者はどうしやしょうかねえ。剣術遣いと同じ扱いで二十両お願いできやすか」

人足の日当が二百文ほどである。二十両といえば、二十ヵ月ぶんの日当になった。

「高いな。まからねえか」

「ご冗談を」

値切ろうとした五郎次郎へ、雑炊の親爺が口の端をつりあげた。

「わ、わかった。払いはいつもどおり、前金半額、仕留めてから残りでいいな」

懐から五郎次郎は十両出した。

「お預かりいたしましょう」

雑炊の親爺が金を受け取った。

「では、頼んだぞ」

「本日中に手配をいたしまする」

帰るという五郎次郎に、雑炊の親爺が約束した。

猫の手も借りたい状況にある深川で、人足仕事につく者たちの身許《みもと》など誰も気にしない。

「しっかり喰《く》いな。その代わり昼からもしっかり働くんだぞ」

大釜《おおがま》の前で雑炊の親爺が、昼飯に集まってきた人足たちへ声をかけていた。

庶民にはまだ一日二食の者もいる。一日三食喰うのはまず武家くらいで、人足なぞは、もらった日当をその夜には酒にしてしまうので、一日一食がほとんどだった。空腹で力仕事を一日するのはきつい。人足を雇う親方たちも、そこまで面倒は見てくれない。雑炊の親爺のところのように昼飯の出るところは珍しい。それもあって、多くの人足が雑炊の親爺のもとに集まっていた。

「稲造《いねぞう》、飯を喰い終わったら、美杉《みすぎ》さんと二人で、顔を出してくれ。昼からは働かなくていい。日当は払う」

雑炊の入った丼を受け取った壮年の男に、雑炊の親爺が告げた。

「へい」

稲造と言われた男が首肯した。

「後は任したよ」

雑炊の親爺が、釜の側を離れて家へ戻った。

「お待たせをいたしました」

「用だそうだの」

待つほどもなく稲造と美杉という浪人が顔を出した。

「おあがりくだせえ。女は席を外させましたので、なんのおもてなしもできませんが、酒はそこにある片口に入ってやす。湯飲みは置いてるやつを適当にお使い下さいやし」

雑炊の親爺が、勧めた。

「遠慮なくいただこう」

「ごちそうさまで」

美杉と稲造が湯飲みを手にした。

「……で、用とは」

一杯飲んだ美杉が、空になった湯飲みに酒を注ぎながら訊いた。

「ちょっとややこしいことをお願いしようと」

雑炊の親爺が、懐から八両出して、二人の前に置いた。

「一人頭四両か。これは前金だな」

「さようで」

確かめた美杉に、雑炊の親爺がうなずいた。

「八両とは豪儀な仕事だの」

「ありがたいことで」

美杉と稲造が喜んだ。

「誰を始末する」

懐に金をしまいながら、美杉が問うた。

「伊賀者を一人」

「……伊賀者とは珍しい」

美杉が驚いた。

「江戸にいる伊賀者となると……四谷《よつや》でござんすかい」

稲造が湯飲みを置いた。

「そうだよ。御広敷伊賀者の一人でね。名前はわかってはいないんだよ」

「名前がわからずに狙えるわけなかろうが」

美杉があきれた。

「大丈夫だよ。足を怪我して役目を休んでいるそうだから」

「それならば、すぐに調べられそうでござんすね」

雑炊の親爺《おやじ》の説明に、稲造が応じた。

「どうやるのだ。四谷の伊賀者組屋敷に忍びこむわけにもいくまいが」

「怪我人がいれば医者が要りましょう。その医者をちょいと脅せば」

首をかしげる美杉に稲造が述べた。

「なるほどな。そこはおぬしの仕事だな。しかし、相手が誰だとわかっても伊賀者組屋敷に打ちこむなんぞ無理だぞ」

組屋敷の出入り口には見張りがいる。それを押し通ったとしても、他の伊賀者が黙ってみてはいない。美杉があきれた。

「そこは稲造、おまえがなんとかしなさい」

「呼び出すくらいなら、できやしょう」

稲造が首肯した。

「じゃ、お願いしましたよ。早めにね」

話は終わったと雑炊の親爺が手を振った。

四谷の伊賀者組屋敷は、他の同心組屋敷よりも塀が高い。これは伊賀者の職務によった。

伊賀者の任は、大奥の警固あるいは、江戸城退き口の確保、そして探索御用であった。どれも他人に知られてはまずいものばかりである。このため、伊賀者組屋敷の警戒は、かなり厳重なものとして有名であった。

その伊賀者組屋敷が見える四谷の辻《つじ》に、美杉と稲造がいた。

「どうだ」

美杉が問うた。

「人の出入りがなさすぎる」

稲造があきれていた。

「そうか」

美杉が首をかしげた。

「ああ。人は生きていくのにものがなければいけねえ。米、味噌《みそ》、野菜、衣服など毎日なにかしらを買わねば生きていけない。組屋敷というからには、なかに何十かの屋敷があるはずだ。とても人が住んでいるとは思えないほど、静かすぎる」

怪訝《けげん》そうな表情で稲造が答えた。何度も組んで仕事をしているせいか、稲造の口調は武家に対する体ではなく、相棒相手に話しているものであった。

「医者はどうした」

「今のところ来ていないな。治りかけたりしていたなら、毎日は医者も来ないだろうよ」

「おいおい。ずっと見張り続けているなど嫌だぞ」

美杉が文句を述べた。

「おいらもそうするつもりはねえな」

言いながらも稲造は組屋敷の出入り口から目を離してはいなかった。

「おっ。商売人みてえのが出てきたな。ちょいとここで待って……」

すっと稲造が組屋敷へと近づいた。

「…………」

美杉が待っていると、ほどなくして稲造が戻ってきた。

「どうした」

「行商人が見えたので、話を聞いてきた。ここで最近怪我をした人はいないかと」

稲造が答えた。

「で、どうだった」

「一人いるらしい」

「ほう」

美杉が目を少し開いた。

「しかも、療養のために組屋敷を出て、そこの長命寺にいるとか」

「ありがたいじゃねえか。さすがにあのなかへ入って行く気はなかったからな」

稲造の話に、美杉が喜んだ。

「さっさとやって帰ろうぜ。後金をもらわなきゃな。合計で八両か。それだけあれば、当分の間、女を思うがままに楽しめる。親爺の前の女はいいぞ。乳も尻《しり》も両手ではおさまらねえ大きさの割に、摑《つか》めば張りがあって。さすが親爺はいい趣味をしている」

「あいかわらず、美杉さんは女好きだねえ。あっしはごめんだねえ。尻の軽い女は、どれだけ美人でも、興ざめだな。それにどれほどいい女でも一晩は楽しめねえしな」

うれしそうな美杉に、稲造があきれた。

「じゃあ、おめえはどうするんだ」

「こっちよ」

稲造が右手を伏せるまねをした。

「博打か。よせよせ。勝てもしないのに、無駄遣いだぞ」

美杉が手を振った。

「勝つさね。こんどこそ。両手に持ちきれねえほどの小判を……」

言いながら稲造が歩き出した。

「……行ったか」

組屋敷の塀の上に人影が二つ浮いた。

「朝からずっと見張っていたが、気づかれないと思っていたのかの」

不思議そうに一つの人影が首をかしげた。

「伊賀者がどのようなものか、知らぬのではないか」

塀の内側から声がした。

「ご苦労だったな」

「たいした手間ではない」

塀の内側にいた伊賀者は、稲造と話をした行商人であった。

「長命寺には誰が」

「石蕗《つわぶき》が行っている」

「足はもうよいのか」

「あの御広敷番医師の手当は確かだったようだ。さすがにまだ屋根まで跳びあがることはできぬようだが、あの手の輩《やから》の一人や二人、苦でもなかろう」

行商人姿の伊賀者が述べた。

「石蕗にしてみれば、己の失策で組に迷惑をかけたのだ。これ以上面倒をかけたくはないのだろうな」

塀の上の伊賀者が言った。

「それに溜《た》まっていた鬱憤《うっぷん》を晴らしたいのだろうしの」

「ああ。それはわかる。隠居したとはいえ、父親を御広敷番医師に討たれたのだ。襲ったのが父からゆえ、文句はいえぬ。なにより、あの医師には大目付さまが付いている。うかつなまねは、組を危うくしかねぬ。辛抱せねばならぬのは辛《つら》かろう」

行商人姿の伊賀者が同情した。

「かわいそうに、あの二人。楽には死ねまいな。一寸刻み、五分試しの伊賀問いにかけられるか」

「当然の報いよ」

石蕗を哀れんでいた行商人姿の伊賀者が冷酷な顔をした。

「伊賀を狙おうなどと考えたのだ。誰の意図か、しっかり口にしてもらおう。磯田《いそだ》も行っていることだし、大丈夫であろう」

三人の伊賀者がうなずきあった。

長命寺は四谷に古くからある寺である。かつては伊賀者が幕府に待遇改善を求めて叛乱《はんらん》を起こしたときの拠点ともなったことからもわかるように、伊賀者とのかかわりは深い。

「御免くださいやし」

長命寺の庫裏に稲造が声をかけた。

「どおれ」

なかから大きな身体つきの僧侶《そうりょ》が大きな数珠《じゅず》を手に出てきた。

「こちらに伊賀のお方が療養でお見えと伺ったのですが」

「まさにおられるが、おぬしは」

僧侶が誰何《すいか》した。

「昔、お世話になった者で。お見舞いをと」

「それはご殊勝な。石蕗どのならば、そこの離れにおられる」

話を作った稲造に、僧侶が教えた。

「どうも」

稲造が一礼した。

「ごゆるりとな」

うなずいた僧侶が背を向けた。

「悪いな。顔を見られてはつごうが悪い。成仏するだろう。坊主なんだからな」

顔をあげた稲造が、懐から匕首《あいくち》を抜き出すなり、僧侶の背中を突いた。

「……馬鹿が」

振り向きざまに僧侶が、数珠を払った。

「あつっ……目、目が見えねえ」

数珠で目を打たれた稲造が匕首を落として呻《うめ》いた。

「稲造……きさま」

後ろに立っていた美杉が、柄《つか》に手をかけた。

「えっ……」

抜き打ちに僧侶へ襲いかかろうとした美杉が、足を踏み出そうとして転んだ。

「ぎゃあああ」

美杉の両足踵《かかと》の筋が切断されていた。いつのまにか美杉の後ろに気配もなく石蕗が現れた。

「手出しせずとも終わったものを」

僧侶が嘆息した。

「吾《われ》を狙ってきたのだろう。ならば、迎え撃ってやるのが礼儀。おぬしこそ、手出しせずともよかったものを。磯田」

「ふん。久しぶりの荒事だぞ。楽しまずしてどうする」

禿頭《とくとう》にした頭を磯田がなでた。

「き、きさまら」

足をやられた美杉が、立ちあがろうとして失敗した。

「誰に頼まれた」

「…………」

美杉が黙った。

「話したほうは楽に死なせてやる。口を割らなかったほうは、まず指の爪を全部剝《は》がしてやろう」

「いや、男のものに焼けた鉄棒を突っこんでやろう。知っているか。そうすれば小便がでなくなる。出したくても、もらすことさえできない。それがどれだけ辛いか……。心配するな、水はたっぷり飲ませてやる。溜まりに溜まった小便が、膀胱《ぼうこう》を破ってあふれるのだ。その痛みは凄《すご》いぞ。さらに小便で汚された腸《はらわた》が、熱をもってな、腹が内から焼けるのだ。これはきついぞ。なかなか死ねなくてな、三日三晩苦しみ抜くことになる」

石蕗と磯田が、二人の刺客を脅した。

「まずは、おまえからだな」

「た、助けてくれ……」

稲造を磯田が摑《つか》んだ。

「そう言って命乞《いのちご》いした者をおまえはどうした。許してやったか」

氷のような声で磯田が稲造を指弾した。

「……さて。まずは」

磯田が稲造の指を摑んだ。

「深川の雑炊の親爺《おやじ》から頼まれた」

美杉が折れた。

第四章　忍と金

一

勘定頭荻原重秀《おぎわらしげひで》は、伊賀者を思いのままに動かしていた。

「探索御用のために渡した金の使用明細を出させるぞ」

この一言が伊賀者を黙らせた。

伊賀者は忍である。その忍に大奥や江戸城の裏口を警固させておくだけなど、使い方を誤っているとしかいえない。もちろん、幕府はそれほど愚かではなかった。

幕府は伊賀者に探索御用もさせていた。

探索御用は、将軍あるいは老中、お側御用人から出されるもので、指示された伊賀者はその場から任につく。

隠密《おんみつ》として他国へ出向くのだ。当たり前だがその準備が要る。手裏剣や苦無《くない》などの忍道具はもちろん、それ以外にも用意しなければならないものがある。その第一が金であった。

地の利のない他国では、忍の武器などよりも金が役に立つ。いや、金こそ最大の武器になる。他国で拠点を作るにも、情報を集めるにも金が要る。

探索御用を命じられた伊賀者は、組屋敷に戻る前に勘定所へ寄り、勘定頭より費用を受け取る。用途が用途である。どこでどのように使い、誰にいくら差し出したかなど克明な報告ができるわけはない。

克明に記録をしていて、それが敵の手に渡れば、協力者の名前もすべてばれてしまう。それがどれだけの不利をまねくかは言うまでもない。

幕府は、いや徳川家は、戦国の終わりごろから有力な大名たちのもとへ、隠密を入れていた。その地で生活をし、子を産み、役目を代々引き継いでいく。草と呼ばれる隠密たちは、幕府の敵視する大名のもとで商人として、あるいは藩士として生き、情報を集め続けるだけでなく、侵入してきた幕府隠密の手助けもおこなう。その草の正体を知られてしまえば、何十年もかけて作り続けてきた探索網が無に帰してしまう。

なかった。

なんとしても草の正体は隠さなければならない。とても記録に残すわけにはいか記録を作らない。それは伊賀者にとって都合がよかった。金の使途を明らかにしなくていいのだ。三十俵二人扶持《ぶち》という食べていくのも難しい薄禄《はくろく》の伊賀者にとって、探索御用で与えられる金の遣い残りが、余得となっていた。

探索御用をすませて江戸へ帰ってきた伊賀者は、預かった金の使わなかった残りを勘定方へ返還しなければならないが、使用明細がなければいくらでもごまかせる。それこそ全部遣いきったと言っても、追及されないのだ。勘定方も探索御用という任の性格上、細かく調べるわけにはいかない。どう考えても予想以上の費用を使ったとしか考えられなくとも、勘定方は黙って見逃すしかなかった。

それを新たに勘定頭になった荻原重秀が突いた。

「渡した金と返ってきた金の勘定が合わぬ」

荻原重秀は、勘定頭になるなり、探索御用から帰ってきたばかりの伊賀者を咎《とが》めた。

「使用金額、用途については、聴取されないのが慣例でござる」

当然、既得権益を侵された伊賀者は反発した。

「慣例……それがどうした。慣例でやってきた結果が、幕府の窮乏である。今までどおりの遣《や》り方では不十分である。この危機を乗りきるに、旧来の悪弊は払拭《ふっしょく》せねばならぬ。探索御用といえども、特別扱いはできぬ」

「仰せではございまするが、探索御用は表に……」

「………」

必死に言いわけする伊賀者を荻原重秀は、じっと見ていた。

「勘定頭どの……」

沈黙し続ける荻原重秀に、伊賀者が音を上げた。

「明細を出したくないというならば、遣り方を変えようぞ」

「……遣り方」

ようやく口を開いた荻原重秀に、伊賀者が怪訝《けげん》な顔をした。

「探索御用の金の先渡しを止める。一度探索御用に行く者が立て替え、帰任後精算としよう」

「それは……」

伊賀者が蒼白《そうはく》になった。

「どうした。結局は同じであろう。使用明細は不要なままだぞ」

最初に金を渡すか、帰ってきてから精算するか、使用明細なしで要求されただけ渡すのだ。多少手続きが変わるだけで、伊賀者の手元に入る金は同じである。わざとらしく荻原重秀が首をかしげた。

「…………」

今度は伊賀者が黙った。

「どうした」

荻原重秀が意地悪く訊《き》いた。

「任地で死んだときに困るか。金を回収できぬからな」

「うっ」

図星を指された伊賀者が絶句した。

先渡しと後精算の違いはここにあった。先に渡されていれば、余るだろうと思われる金を、江戸の家族に置いていける。対して、後精算はそれができない。だけではない。自宅から持ち出した金で任を果たさなければならないのだ。もし、敵地からの帰還がかなわなかったとき、その使用した費用は弁済されない。死人は消費金額の請求をおこせないのだ。

そして遺族だからといって、任を果たしていない限り、費用を要求する権利はない。

もしそうなれば、死活問題であった。もともと厳しい家計からひねり出した費用を、任のために使ったのに、明細がないために返してさえもらえないとなれば、家族は路頭に迷いかねない。

「反論がないということは、それでいいのだな。沈黙は了承と見なすぞ」

荻原重秀が決断を迫った。

「それは……」

伊賀者が詰まった。

勘定頭の力は大きい。老中の配下には違いないが、実際に金を取り扱う勘定頭の意向を無視できない。なにより、荻原重秀は五代将軍からその能力を認められて抜《ばっ》擢《てき》されたのだ。伊賀者が老中へ荻原重秀の専横を訴えたところで、取りあげられるとは思えなかった。

「……どうすれば」

伊賀者が荻原重秀の顔を窺《うかが》った。

「手を貸せ」

「……手を」

言われたことに伊賀者が戸惑った。

「他の無駄遣いを潰《つぶ》すだけの証拠を集めろ。伊賀者が浪費する以上の節約ができれば、見逃してくれる」

荻原重秀が説明した。

「勘定方の支配を受けろと」

伊賀者が尖《とが》った声を出した。

「いいや。勘定方ではない。儂《わし》の指示を受けろ」

「荻原どの……」

「そうだ。腹立たしいことだが、勘定方も一つではない。既得権益にしがみついて、そのおこぼれをもらう旨みを忘れられぬ馬鹿どもがおる。そいつらが伊賀者を手にしたら、ろくなことに使うまい」

「たしかに」

荻原重秀の話に伊賀者が同意した。

「どうする。儂に従うか、それとも敵対するか」

「今、決めねばなりませぬか」

「ときを稼いでなんの意味がある。一日無駄に過ごせば、それがどれだけの損失に繋《つな》がると思う。わかった。もういい。敵対だな。しかたない。伊賀者に代わる探索方の創設を上様に具申せねばならぬ」

あっさりと荻原重秀が伊賀者を切り捨てた。

「お、お待ちを」

伊賀者が焦った。

探索御用を取りあげられれば、伊賀者はただの番人に落ちる。与えられた禄だけで生きていかなければならなくなるのだ。食べてはいけるが、余裕はいっさいなくなる。病持ちが一人出ただけで、家計は崩壊する。

「従いまする」

伊賀者は膝《ひざ》を屈した。

「けっこうだ。ああ、儂も鬼ではない。ただ働きをさせる気はない。もっとも、成果に対する報酬になるがな。伊賀者の探索で、節約できた金の一年分、その一割をくれてやる」

「一割……」

「ああ。もし千両節約できたら、一回限りだが百両伊賀者にくれてやる」

「ひ、百両」

金額に伊賀者が目を剝《む》いた。

「そのていどで驚くな。もし、一万両節約できれば千両になるのだぞ」

荻原重秀がもう一つ驚愕《きょうがく》を追加した。

「千両……」

伊賀者が固まった。伊賀者の禄《ろく》は金にするとおおむね、一年で十一両ほどになる。千両となれば、じつに百人の伊賀者の禄に近い。

「では、まず最初の役目だ。大奥を探れ。大奥での無駄遣い、その証拠を持ってこい。大奥は伊賀者の庭だろう。初めてだから容易な任を用意してやった」

「大奥での無駄遣いと言われても……」

「どれが無駄遣いかわからぬと」

「はい」

従うと言ってから伊賀者はおとなしくなっていた。

「たしかに女のやることは、わかりにくい。身を飾る着物でも上様のお気を惹《ひ》くためとあれば、無駄遣いではない。小間物もな。食い物でも上様の目に留まるための身体付きを求めてとなれば、文句も言えぬ」

己で命じておきながら、荻原重秀も困惑していた。

大奥は将軍という男に跡継ぎを作らせるためだけにある。大奥にいるすべての女は将軍の手がつくためにいる。己の美貌《びぼう》、魅力で直接綱吉の寵愛《ちょうあい》を受ける女、その女を支える者、それだけしか大奥にはいない。いてはいけなかった。

「となれば、自己のために金を貯めこんでいる奴をあぶり出すしかあるまい」

「貯めこんでいるのを見つけ出して、どうなさるおつもりで」

伊賀者が問うた。

「今も申したであろう。大奥にいる女はすべて上様のためだけにある。自己のためを考えている連中は、裏切り者である。役立たずは大奥に不要。まあ、女ゆえ死罪にするほどのことはせずとも、放逐のうえ、闕所《けっしょ》にはできよう」

闕所とは持っている財をすべて没収することである。荻原重秀はあっさりと言った。

「では、金を持っている女中を見つけ出せば……」

「それだけではないぞ。隠し金の在処《ありか》もだ。有無を言わさぬ何よりの証拠であるし、金を押さえるのが主眼だからの」

「どなたからいけば……」

大奥には千人近い女がいる。手当たり次第では、結果が出るにはときがかかりすぎる。あるていどの特定を伊賀者は求めた。

「そうだな。あるていど長く大奥にいて、上様の寵愛を受ける女の手助けをまったくしない者……」

しばらく考えた荻原重秀が顔をあげた。

「行儀指南の山科の局《つぼね》、あのあたりがよかろう」

荻原重秀が告げた。

その結果が、御広敷伊賀者石蕗後蔵《ごぞう》の怪我であった。石蕗は山科の局を見張っているところを十六夜に見つかって、手傷を負わされた。

「火の番に見張らせていた。金を奪われまいと警戒していたとも考えられるが、伊賀者とわかったうえで叩《たた》いている。やりすぎだ。なにかあるな」

荻原重秀は、疑惑を伝えるため、綱吉のもとへと向かった。

「なにかあるのか。無駄遣いでも見つけたか」

綱吉は、荻原重秀の勘定能力を買って引きあげている。目通りを願った荻原重秀に綱吉がそう声をかけたのは当然であった。

「少し勘定に手間がかかり、ご報告が遅れましたことをまずお詫《わ》びいたしまする」

伊賀者の怪我から、結構な日時が経っていた。

「よい。勘定は待ったなしだ、躬《み》も理解している」

綱吉が手を振って、問題がないと言った。

「上様、お他人払《ひとばら》いをお願いいたしまする」

「吉保は同席させるぞ」

「はい」

柳沢吉保は残すと言った綱吉に、荻原重秀がうなずいた。

「一同遠慮せい」

ただちに御座の間から小姓、小納戸が出ていった。

「これでよいな。申せ」

「はっ。ご報告は……」

荻原重秀が述べた。

「そこに繋がったか」

「予想外でございました」

綱吉と柳沢吉保が顔を見合わせた。

「なにか」

「いや、いい。そなたは正しいことをしている。多少の無理は認めざるをえぬ。そこまで幕府の金蔵は厳しいのだからな」

伊賀者を勝手に使うという僭越《せんえつ》を綱吉が不問に付した。

「では、これにて」

勘定方の戦場は、将軍御前ではない。用件をすませた荻原重秀が、さっさと下がっていった。

「よいな。吾《わ》が手柄を誇ろうとか、少しでも躬の近くで顔を覚えてもらおうとか考えず、金勘定だけしか頭にないのがいい」

その後ろ姿を綱吉が褒めた。

「得難い人材でございまする」

柳沢吉保も首肯した。

「それにしても山科か。京から来たただの行儀作法教授だと考えていたのはまちがいであったようだな。重秀に目を付けられるほど、大奥で金を集めているとはな」

「大奥を退いた後の生活のためではないと」

「うむ。あの重秀が千両やそこらで動くわけがない。いや、百両でも無駄金は許さぬだろうが、優先順位をまちがえることはない。大奥から出された費用請求を重ねた重秀が、最初に片づけねばならぬと考えた。なまじの金ではないな。それほどの金をなんのために集めた」

「それは疑問でございまする」

綱吉の言葉に、柳沢吉保が首を縦に振った。

「松平対馬守に命じろ。医師を使って山科を探れとな」

「ただちに」

柳沢吉保が、御座の間を後にした。

二

翌朝、登城した矢切良衛は、引き継ぎを終えるなり、松平対馬守から呼び出された。

「御広敷番医師は、表役人を診るものではないぞ」

木谷が御広敷番医師溜を出ていく良衛の背中に皮肉を投げた。

「…………」

正論に良衛は反論できなかった。あの宿直《とのい》の夜、伝の方の局であったことを教えろと言った木谷の要求を断って以来、二人の間は険悪となっていた。

「度々お呼び出しになるのは、ご遠慮願いたい」

松平対馬守の顔を見るなり、良衛は愚痴をぶつけた。

「文句を言うな。御用である」

「御用と仰せか。御広敷番医師の任に大奥探索はございませぬが」

抑えつけるように言う松平対馬守へ、良衛は反発した。

「上様のご命ぞ」

「なんどもそう言われるが、真でございましょうや。愚昧《ぐまい》は一度も上様からお言葉を賜っておりませぬ」

良衛は松平対馬守へ言い返した。

「貴様、儂《わし》の言うことを偽りだと」

「確かめようがございませぬ」

怒る松平対馬守に、良衛は退かなかった。

良衛は不満を溜《た》めていた。御広敷番医師と表御番医師に格の差はない。御広敷番医師が出世の道ではなく、単なる籍替えでしかない。つまり実入りのない移動なのだ。それに表御番医師は、患者の発生とともに駆けつけられた。城中でも御座の間を除いてどこにでも入ることが許され、要りような行動を取る権限を与えられていた。

しかし、御広敷番医師は違う。まず、患者のもとへすぐに駆けつけられなかった。大奥へ入る許可をまず取らなければならないのだ。そのうえ、決められた廊下だけしか移動できず、座敷を横切るなどの行為は認められていない。一刻を争うときに、これは大いなる不利益となった。

間に合ったかも知れない患者を、手遅れにしかねない慣例は、医師にとって害悪でしかなかった。

さらに伝の方の命により、休みなく大奥へ通わされる羽目になり、ゆっくりと屋敷で医術の書物を繙《ひもと》く時間が奪われた。

それだけではなく、大奥における権力争い、将軍の寵愛《ちょうあい》を奪い合う戦いに、伝の方の派閥として組みこまれている。

どれも良衛にとって不本意であった。

「家がどうなってもよいのだな」

いつもの脅し文句を松平対馬守が口にした。

「もうどうでもよいと思い始めております る」

「な、なにっ」

松平対馬守が驚いた。

武家にとって家はすべてであった。家名があればこそ、禄《ろく》がもらえ、子々孫々まで安泰な日々が続く。その根元たる家を失うことへの忌避がなくなれば、それは武士とはいえない。良衛は家禄《かろく》を返上してもいいと言ったにひとしかった。

「待て、落ち着け。とりあえず、山科という上臈のことを調べよ。それだけしていればいい。わかったな」

これ以上一緒にいるのはまずいと思ったのか、言うだけ言った松平対馬守がそそくさと離れていった。

「ふん」

その慌てぶりを、良衛は鼻先で笑った。

松平対馬守は、良衛の変貌《へんぼう》を綱吉ではなく、今大路兵部大輔へ伝えた。

「そのようなことを矢切が申しておりましたか」

岳父にあたる今大路兵部大輔が悩んだ。

「潮時でございますかな」

今大路兵部大輔が言った。

「……潮時、矢切を役目から外すと言われるか」

典薬頭にはさしたる権は与えられていない。将軍とその家族を直接診ることもない。それでも江戸の医師たちは、典薬頭の影響下にある。奥医師を手中にしている典薬頭は、大目付といえども、簡単にあしらえる相手ではなかった。

「さよう。あやつはもともと権に興味がございませぬ。出世も気にしませぬ。ただ医術の研鑽《けんさん》だけを求める。己と家族が喰《く》えればいい。それ以外は贅肉《ぜいにく》だという愚か者が、医師のなかには稀《まれ》に出て参りまする」

「名誉も金も求めぬ男など……」

大目付という飾りに満足できず、さらなる上を目指そうとあがいている松平対馬守にとって、それは驚きであった。

「他のところでは存じませんぞ。医師のなかにはそういう者がおるというのはたしかでござる。もっとも、こういった連中は、世間での名誉ではなく、腕のいい医者という評判にはこだわりまする」

今大路兵部大輔が述べた。

「矢切がそうだと」

「おそらく」

断言はせずに、今大路兵部大輔がうなずいた。

「しかし、今、矢切を御広敷番医師からさげるわけにはいかぬ。ようやく敵が見えてきたところでござる」

松平対馬守が首を左右に振った。

「動かざるをえない褒賞をぶらさげてやるしかございますまい」

「そのようなものがござるのか。家を潰《つぶ》すと脅しても気にせぬと答えたのでござるぞ」

告げた今大路兵部大輔に、松平対馬守が疑念の表情を浮かべた。

「ござる。長崎遊学を餌にすれば、動きましょう。和蘭陀流外科術を標榜《ひょうぼう》していながら、矢切は直接和蘭陀人から学んでおりませぬ。それが矢切の心に影を落としておりまする」

「ふうむ。さすがは舅《しゅうと》どのだ」

よく見ていると松平対馬守が感心した。

「この任を終えれば、一度小普請医師へ異動させ、長崎へ医術修業に行かせてやると言えば、おとなしく従うかと」

「となれば、上様にご相談せねばなりませぬな」

大目付と典薬頭の一存でどうにかなる話ではなかった。公費での遊学となれば、その費用の工面もしなければならない。

「そこはお任せいたしますぞ。愚昧は、娘を通じて矢切の尻《しり》を叩《たた》かせましょう」

「承知した」

松平対馬守が、首肯して立ちあがった。

「……とは言ったが、長崎で二年ほど学ばせれば、まちがいなく江戸で最新鋭の外科術遣いになる。さすれば寄合医師とするに十分な条件を満たす。寄合医師は奥医師の控え。今いる外道の誰かが隠居すれば、そこへ矢切を押しこむことなど、典薬頭である儂には容易《たやす》い。すでに奥医師の半分は儂の弟子で占めている。そこへ娘婿が加われば江戸城の医学は、儂の手のひらの上となる。隠居を待つなど生ぬるいな。半井出雲守が動き出す前にことを決めておかねばならぬ。出雲守に近い外道医を一人、追い落とすとするか」

今大路兵部大輔が独りごちた。

「今回のことで上様も矢切に引け目をお感じであろう。柳沢吉保どの、松平対馬守どのに貸しを作ったのも大きい。矢切を長崎へ遊学させるにも、寄合医師として呼び戻すにも、空きのできた外道医の後釜《あとがま》として奥医師にするのにも、お力添え願えよう」

呟《つぶや》いた今大路兵部大輔が、口の端をつりあげた。

「世襲制の典薬頭は、今大路一家だけで十分だ」

今大路兵部大輔が、表情を消した。


松平対馬守の目通りを綱吉は許した。

「……というわけでございまする」

「情けない」

やはり同席していた柳沢吉保が、良衛の弱気を非難した。

「たかが女くらい相手できずでは、役に立たぬ」

柳沢吉保にしてみれば、綱吉の安全にかかわるだけに、必死であった。

新たな権力者の寵臣《ちょうしん》というのは、えてして基盤が弱い。従来の重臣などは、傍系から家を継いだ主君を軽く見る。それが新将軍にとってなによりも嫌なことである。

当然、口うるさい重臣たちではなく、唯々諾々と言うことを聞く身分軽き者を側に置きたがる。それこそ柳沢吉保であった。柳沢吉保はようやく館林藩士から旗本に出世し、小納戸となった新参者でしかない。

柳沢吉保の将来は、綱吉の心一つにかかっていた。

「責めてやるな」

良衛を罵《ののし》る柳沢吉保を宥《なだ》めたのは、綱吉であった。

「躬《み》でさえ大奥は御せていないのだ。医者坊主にそうそうできるはずもなかろう。もし、できたならば、躬は医者坊主にさえかなわぬ無能ということになる」

「そ、そのような意味では……」

綱吉を無能と言ったにひとしいと理解した柳沢吉保が真っ青になった。

「人というのは、餌がなくば動かぬか」

「わたくしは……」

呟いた綱吉へ、柳沢吉保が応じようとした。

「そうであろう。そなたは躬の寵愛《ちょうあい》をもって出世したい。対馬守は躬に役立つところを見せて、大名へとなりあがりたい。違うか」

「……それは」

「…………」

柳沢吉保と松平対馬守が顔を見合わせた。

「咎《とが》めているのではない。それでよいと躬は思う。堀田筑前守もそうであったからな。将軍継嗣のおり、宮将軍と決まりかけていた老中どもの意見をひっくり返して、躬を五代の座に押し上げたのは、堀田家をより大きくするためであった。織田信長《おだのぶなが》どのに仕えていた関係で一度滅んだ経緯を持つだけに、堀田筑前は潰されぬよう家を大きくするので必死だった。そのお陰で躬はここにいる。感謝すれども、憎む気などはない」

落ちこんだ顔の二人を綱吉は慰めた。

「ただ、躬に付くと決めたならば、終生そうせよ。途中で離れることは許さぬ」

「離れるなど、とんでもない」

「わかっておりまする」

綱吉の命に二人は手をついた。

「よし。では、対馬守、矢切の長崎遊学を認めてやる。ただし、餌はうまく使え。使いどころを誤るな」

「はっ」

用がすんだ松平対馬守が出ていった。

「吉保」

残った柳沢吉保に、綱吉が顔を向けた。

「なんでございましょう」

「山科は、なんのためにそれほどの金を貯めている。火の番をつけて守らねばならぬほどの大金をなにに遣う。大奥を出されたところで、それほどの金が要るはずもない」

「仰せのとおりでございまする」

柳沢吉保が同意した。

「信子に問うか」

御台所鷹司信子は京の公家《くげ》の娘である。格はかなり違うが、信子が山科のことを知っているかも知れなかった。

「十分なご注意を」

柳沢吉保が綱吉の大奥行きを危惧《きぐ》した。

「大事ない。昨今は上の御錠口まで信子あるいは伝の配下が迎えに来ておる。女武芸者が四人、躬のまわりを固めておる。安心いたせ」

「……はい」

言われた柳沢吉保が引いた。

三

今日も良衛は、伝の方の局《つぼね》へ入っていた。

「おみ足に触れますぞ」

「うむ」

もう何度も繰り返している。ようやく佐久も慣れてきたのか、良衛の手が触れても身体に力が入ることはなくなっていた。

「……随分、柔らかくなられましたな」

足を引っ張りながら、良衛は褒めた。

「言われたとおり、風呂《ふろ》に入っている間、お末に足を揉《も》ませている」

佐久が自慢げに告げた。

「結構でございまする。念のために申しあげますが、痛いと思うほどの力で揉ませてはなりませぬぞ」

「承知している」

会話を少しかわしている間に施術はすんだ。

「これを煎《せん》じて、食間にお飲み下さいませ」

「なんじゃ、これは」

薬を出した良衛に、同席していた麻乃が表情を厳しくした。

「葛根湯《かっこんとう》でございまする」

「……葛根湯だと。風寒の薬ではないか。佐久」

「いいえ。寒気も熱もございませぬ」

麻乃に問いかけられて佐久が首を左右に振った。

「矢切、説明せい」

麻乃が良衛を睨《にら》んだ。

「葛根湯は風寒の妙薬として知られておりまする。その効能が身体を温め、血の巡りをよくするからでございまする。筋がこわばっているお方の身体をほぐすに、これも有効。麻乃さまも肩こりなどございましたならば、お試しくだされば、その効能はお感じになられましょう」

良衛は語った。

「風寒の薬が、肩こりにも効くのか」

「はい。薬には一つでいろいろな作用がございまする。強く発現するものを主とし、弱く出るもの、あるいは予想していない効果のものを副と称し、それらを勘案して投薬いたしまする。ときには、副の作用を求めて処方するときさえありまする」

「なかなかに面倒なものよな」

麻乃が感心した。

「わかった。佐久、これをお末に渡せ。念のため毒味をさせよ」

「…………」

いたしかたないこととわかっていても、処方した薬を毒味されるのは、気持ちのいいものではない。良衛は鼻白んだ。

「お医師、もうよいぞ。明日《あした》また来い」

「お願いがございまする」

帰っていいと言う麻乃に良衛が声をあげた。

「なんじゃ。礼金か。そうだの。薬代も払わねばなるまい。失念しておった」

麻乃が先回りをした。

「いいえ。たしかに薬は自宅で調合して参ったものでございますのでお代はいただきますが……」

良衛が違うと言った。

「では、なんぞ。まさか、お方さまのご寵愛《ちょうあい》を利用して、出世を願おうなどと」

麻乃の目つきがふたたび険しくなった。

「とんでもございませぬ。少しお教えいただきたいだけでございまする。対馬守さまに報告しなければなりませぬ」

「大目付に急《せ》かされたか」

良衛の言葉に、少しだけ麻乃が雰囲気を和らげた。

「山科さまについてでございまする」

言い当てられた良衛が苦く頬をゆがめた。

「……山科さまだと」

麻乃がまた目つきを変えた。

「はい。山科さまは……」

「待て」

言いかけた良衛を麻乃が制し、立ちあがり、上の間へと消えた。

「…………」

一人残された良衛は戸惑った。

「……来い」

しばらくして上の間から戻ってきた麻乃が、良衛を招いた。

「えっ……」

伝の方の居室である上の間には入ったことさえない。呼ばれた良衛は混乱した。

「お方さまが話を聞きたいと仰せじゃ。来い」

きつい声で麻乃が命じた。

「はい」

伝の方の指示とあれば、否やは言えなかった。良衛はおそるおそる将軍の寵姫の居室に入った。

綱吉の子を二人も産んだ寵姫の部屋は、思ったよりも質素であった。もちろん、高価な敷物が床を覆い、香がたかれ、美しい花が生けられているが、華美ではない。

「座りや」

入ってきた良衛へ、伝の方が座を扇子で示した。

「ご無礼いたしまする」

良衛は示されたところに腰を下ろした。

「山科のことを聞きたいそうじゃの」

伝の方が確認した。

「お教えいただきたく」

良衛は首肯した。

「なにを聞きたい」

「山科さまにかかわることならば、なんでも」

問われた良衛が望んだ。

「麻乃」

「はい。お方さまのお許しも出た。山科さまは、京の公家山科権中納言さまの一門で、前の将軍家綱さまの御台所浅宮顕子《あさみやあきこ》さまのお手伝いをするとして、大奥へ来た。名目は行儀指南である。上臈として、中臈以上の者に行儀作法や、歌などを教えておる」

前に訊《き》いたときよりも詳しく麻乃が述べた。

「山科さまの局に属している者は、何人おりましょう」

「中臈が一人、目見え以上が四人、火の番が一人、お末が三人であったはずじゃ」

すぐに麻乃が答えた。

「京から供してきた者は」

「おらぬ。二人付いてきていたが、一人は病で死に、もう一人は独立して局を別に持った」

「では、今、山科さまのもとにおるものは、江戸で」

「いいや、火の番は京の出だったと思うぞ。一年ほど前に、山科が京から呼んだと」

「よくご存じで」

火の番はお末の上とはいえ、下級女中である。その動静を伝の方の局を仕切る中臈が知っていることに良衛は驚いた。

「この間、そなたが火の番について問うたであろう。気になったのでな。妾《わらわ》が直接聞いたわけではないが、目見え以下の女中を差配するお次がな、山科さまがわざわざ京から火の番を呼んだと申しておった。これが、中臈だとか、三の間だとか、山科さまの身の回りの世話をする女ならば、まだわかる。故郷の話もできよう。詩歌などの好みも都風で合うだろうからな。だが、火の番となれば、まず同席しない。許しなく口を開くことさえできぬ相手だぞ。江戸でいくらでも手配できよう。考えてもみよ。京は雅《みやび》の町だ。武芸に秀でた女がおらぬとはいわぬが、江戸よりはるかに少なかろう」

「たしかに」

麻乃の説明に良衛も同意した。

「その火の番のことをもっと詳しく調べてはいただけませぬか」

「……大目付の指図だな」

「はい」

確かめる麻乃に良衛は首肯した。

「上様のおためであろうの」

伝の方が念を押すように訊いた。

「と聞いておりまする」

良衛は直接綱吉から命を受けたわけではなく、又聞きでしかない。確定できるような言いかたは避けなければならなかった。

「麻乃」

「はい」

伝の方に名を呼ばれた麻乃がうなずいた。

「よろしくお願いいたしまする」

良衛は深く一礼した。

吉沢竹之介は、良衛のいない診察室に入りこんでいた。

当たり前のことだが、良衛がいなければ患家は来ない。稀《まれ》に知らずに来る者もいるが、門番も兼ねる老爺《ろうや》の三造に諭されて、そのまま帰っていくため、診察室まで人が来ることはなかった。

「…………」

懐から吉沢が、鏨《たがね》を取り出した。

「念のため……」

宝水が納められている薬箪笥《だんす》の引き出しを、吉沢が一度引っ張った。

「やはり鍵《かぎ》を忘れてはおらぬか」

吉沢が少しだけ残念そうな顔をした。

「いたしかたない」

吉沢が鏨を引き出しの隙間に当てた。

「……くっ」

鏨をこじて隙間を大きくしようとしたが、古く飴色《あめいろ》に変色した桐の薬箪笥はびくともしなかった。

「だめか。気づかれずにいただきたかったのだがな」

吉沢が嘆息した。

「力ずくとなれば、素早く決めねば音で人が来かねぬ」

薬簞笥から離れた吉沢が、薬研《やげん》の側に置かれていた木槌《きづち》を拾い上げた。

香木などを調剤しやすいよう細かく砕くために、良衛が愛用している木槌を吉沢は右手に握りこみ、左手で保持した鑿の尻《しり》を強く叩《たた》いた。

木が剝《は》がれるような音がして、薬簞笥と引き出しの間に隙間ができた。その隙間へ鑿を突っこみ、もう一度打つ。それを二度繰り返したところで、鍵が破断した。

「開いた」

吉沢が歓喜して、引き出しを抜いた。

「なんの音で……なにを」

そこへ三造が顔を出した。鑿を薬簞笥の引き出しに打ちこんでいる姿を見れば、一目瞭然《いちもくりようぜん》である。すぐに三造が吉沢の行為を悟った。

「ちっ。爺《じじ》い、早すぎる」

手にしていた木槌を吉沢が投げつけた。

「なんの」

良衛の剣術の稽古《けいこ》相手を務める三造である。至近から投げられた木槌をかわすのには成功したが、大きく身体を動かしたため、三造は少し体勢を崩した。

「これも喰らえ」

追うように鏨も投げつけた吉沢が、引き出しのなかにあった宝水をわしづかみにして逃げ出した。

「……泥棒、待て」

三造が後を追ったが、鏨を避けただけ出遅れた。吉沢は、裸足《はだし》で矢切家を出ていった。

「くそっ」

門の外まで追った三造だったが、すでに吉沢は辻《つじ》を曲がったのか見失った。

「恩知らずめ」

玄関を出たところに落ちていた宝水を包んでいた油紙を、三造が拾い上げた。

当番を終えて帰宅した良衛は、玄関土間で正座している三造に驚いた。

「なにをしている」

「殿さま、申しわけございませぬ」

三造が土下座をした。

「どうした」

意味がわからず、良衛は三造に尋ねた。

「吉沢の奴が……」

敬称を取り払って、三造が報告した。

「なんだと……」

聞いた良衛が、診察室へと駆けこんだ。

「薬簞笥が……」

父祖の代から受け継がれてきた薬簞笥が、無惨な姿をさらしていた。

「宝水を持ち出したのか」

すぐに良衛は、吉沢が宝水をやたら見たがったことを思い出した。

「金にするつもりだろうが……出所の怪しい薬など誰も買わぬぞ」

良衛は嘆息した。

「いや……買い手がもういるのか」

宇無加布留《うにこうる》騒動も、もとは強く欲しがった者がいたために起こった。

「あれだけの量を一度に使えば……」

薬の使いすぎは毒以外のなにものでもない。良衛はなんともいえない顔をした。

「殿さま」

良衛が子供のときから仕えてくれている三造は、家督を継いだ今でも良衛をそう呼んだ。

「これを」

三造が油紙を取り出した。

「油紙……宝水を包んでいたものだな。そうか、逃げるときに油紙がほどけた……となれば、素手で宝水を摑《つか》んでいる」

良衛は独り言を呟《つぶや》いた。

「宝水は、宝のような効果を持つという意味と、水をよく吸うという性質からその名が付いたと忠恵先生から教えていただいた。その宝水を外に晒《さら》したうえに、手で触れている。盗みをはたらき、逃げ出すという緊張で、吉沢の手のひらには汗が噴き出ているだろう。その汗も宝水は吸う。そして水気を吸った薬は、湿気て効力を失う」

小さく良衛は嘆息した。

「あれだけあれば、何人の患者が救われたかわからぬが、変に使われないだけましだな」

「殿さま」

「三造、一応町奉行所に届けを出しておいてくれ」

「へい。親元はどういたしましょう」

三造が訊《き》いた。

吉沢は貧乏御家人の息子だと言っていた。親元へ報《しら》せて、その責を負わせるべきだと三造は言ったのだ。

「親元があれば、このようなまねはできまい。吾《われ》は番医師ぞ。そこに弟子入りしておきながら、師匠のものを盗んで逃げた。目付に訴えられれば、親元は潰《つぶ》れる」

良衛は無駄だと首を左右に振った。

「では、最初からどなたかの手配で入りこんだ……」

「…………」

無言で良衛はうなずいた。

「番所まで行って参りまする」

三造が出ていった。三造の姿がなくなった良衛は、肩を落とした。

「人を見る目がなさすぎた」

吉沢の本性を見抜けなかったことで、良衛は落胆していた。

「まだ、吾は病を診て人を見ずであったか」

良衛は嘆息した。

これも医師の格言であった。とかく医者は病を治すことに気を奪われ、患者を理解していないことが多い。病気さえ治ればいいだろうと、その後のことを考えなかったり、患者には負担できないほどの高貴薬を使おうとする。病を治せば、己の名声があがる。あるいは、病さえ治れば、患者は幸せになる。そう考えがちになる。しかし、それでは不足なのだ。医者は、病だけでなく、患者を治さなければならない。

病の発症が、患者の生活習慣にあるならば、それをあらためさせなければ、一時的な快方は得られても、かならず再発する。まず、患者の生活状況を、患者の心構えを変える努力から入るのが重要であった。

患者を知る。それには、考え、嗜好《しこう》、生活などあらゆることを調べつくさなければならない。吉沢の目的を見抜けず、弟子を持てる身分になったと浮かれた。良衛に人を見る力はないと知らされたのだ。

「…………」

良衛は肩の力を落とした。

矢切の屋敷を逃げ出した吉沢は、約束どおり品川宿の外れで中年の武家と会っていた。

「こ、これが宝水でござる」

震える手で吉沢が宝水を中年の武家へ渡した。

「これが、和蘭陀渡りの妙薬か」

中年の武家が感嘆した。

「どのような効用だ」

「前にもご説明申しましたが、患者を寝させ、痛みをなくす効能を持っております。脂汗を流し、痛みに呻《うめ》いていた女が、これを一服飲んだだけでけろりと」

「まことか。痛みを消すとすれば、まさに神薬じゃ。これさえあれば、我が主《あるじ》半井出雲守さまは天下の名医として、名声をほしいままになされよう」

説明を聞いた中年の武家が興奮した。どのような痛みも消えるという吉沢の言葉に、中年の武家は患者が眠るという効能を飛ばしていた。

「真田《さなだ》さま」

吉沢が中年の武家を急《せ》かした。

「おう、そうであったな……これが名古屋の医師、大菅典斎《おおすがてんさい》への紹介状じゃ。で、こちらが当家の弟子が医術修業のために旅をしているとの添え書きだ。そしてここに三十両ある。これで名古屋まで行き、三年忍べ」

真田が懐から出したものをひとまとめにして吉沢に押しつけた。

「弟子……家中というお約束でございましたはず」

吉沢が文句をつけた。

家臣と弟子では、世間の扱いが全然違った。家臣の行動の責任を主君は負う。対して弟子のやったことの責任を師は負わない。さすがに道義として、詫《わ》びくらいはしても、それ以上の保証などはしない。なにより、師と弟子の関係は簡単に切れた。師が破門というだけで、いっさいのかかわりは断たれる。家臣も放逐という形を取れば同じだが、旗本、それも千石をこえると、勝手気ままなまねはできない。家臣がなにかをしでかして、問い合わせを受けてから、放逐した者ゆえかかわりはないとはねつけることはできるが、あまりに露骨すぎる。裏になにかあるのではないかと、目付などに探られる羽目になりかねないのだ。

目付に探られている。そう噂されるだけで、役を失うこともある。名門旗本ほど、家臣の不祥事には気を遣った。その点、弟子ならば問題の波及はまずない。

「文句を言うな。気に入らぬと申すならば、すべてを返せ」

「……それは」

手を出された吉沢が口ごもった。

「わかったならば、さっさと行け。町奉行所の手は品川に及ばぬが、徒目付《かち》や小人《こびと》目付となれば話は別だ。矢切は大目付のお気に入り。どこでどうしてくるかわからぬぞ」

徒目付も小人目付も目付の配下である。旗本御家人の非違を監察するだけでなく、命令があれば犯罪者の捕縛もおこなう。

「あ、ああ」

真田に脅された吉沢が、あわてて添え状などを懐に仕舞った。

「では、きっと江戸へ呼び戻してくだされよ」

「わかっておる。よいか、こちらから呼ぶまで、江戸に帰ってくるな。もし、約定を違えるようならば、こちらはそなたを見限る」

「承知いたしております る」

吉沢が首肯した。

「儂《わし》は屋敷へ戻らねばならぬ。ではの」

さっさと真田が踵《きびす》を返した。

「あ……」

名残惜しそうに吉沢が手を伸ばしかけた。

「……………」

その声にも真田は振り返らなかった。

「行くしかないか」

吉沢がため息を吐き、暮れ始めた東海道を上り始めた。

四

将軍の政務は昼までが慣例であった。午前中に老中たちから決裁を求められる案件を処理し、午後からは自儘《じまま》に過ごせた。もちろん、緊急を要する案件もないわけではないが、老中が昼八つ（午後二時ごろ）に下城してしまうため、それ以降はまったく政務はなくなる。

かといって八つから大奥へ入るわけにはいかなかった。将軍は大奥へ入る前に、夕餉《ゆうげ》と入浴をすませるのが決まりであった。

「信子のもとへ参る」

綱吉は、大奥へ通達した。

天下の主である将軍だが、大奥では客でしかなかった。大奥を創始した春日局《かすがのつぼね》によって、その主人は御台所と決められ、それを三代将軍家光が認めたからだ。ために、将軍は気ままに大奥へ入ることができなかった。御台所へ行っていいかと問い合わせなければならない。

「お館でお待ち申しあげているとのご返答でございました」

綱吉のいる中奥から御台所信子の住まう大奥館までは、かなり遠い。また、裾《すそ》を気にする大奥女中たちの歩みは遅い。

綱吉のもとへ信子の返事が届いたのは、一刻（約二時間）以上経ってからであった。

「館か」

大奥で館という規模の局を持てるのは、御台所一人である。将軍に与えられるのは、小座敷と呼ばれる通常の局よりも小さな数間だけで、普段、そこで将軍は大奥女中たちと歓談し、寵姫《ちょうき》たちを抱く。伝の方のように綱吉との間に子をなしたほどの寵姫であろうとも、あくまで奉公人でしかない。将軍が奉公人の局へ出向くことはなかった。

ただ御台所だけが別であった。御台所だけが、将軍を自室へ呼べた。

「お成りでございまする」

館の前に、目見え以上の女中が平伏して出迎えるなかを、火の番に囲まれたまま綱吉は進んだ。

「ここまでじゃ」

信子の腹心、上臈の宇治野が、上段の間へ入る手前で火の番たちを制した。

「ご苦労であった」

綱吉が、火の番たちを下がらせ、上段の間へ足を踏み入れた。

「公方《くぼう》さまにおかれましては、ご機嫌麗しゅう」

奥の上段の間で信子が出迎えた。

「お招きかたじけなく思う」

信子の対面に腰を下ろした綱吉が謝意を口にした。

夫婦対面の決まりごとであった。

「どうぞ、こちらへ」

客と主の挨拶《あいさつ》を終えれば、夫婦としてのときが始まる。信子が綱吉を隣へ招いた。

「うむ」

鷹揚《おうよう》にうなずいた綱吉が、信子の隣に移った。

「宇治野」

信子が目配せをした。

「……皆の者、下がりゃ」

一礼した宇治野が、他の女中たちを追い払った。

「お茶を……」

信子が宇治野に指示した。

「はい」

宇治野が部屋の片隅に用意された釜《かま》の湯を使って、茶を点てた。

「馳走である」

受け取った綱吉が、茶を喫して、口をゆがめた。

「苦いの」

「難しい顔をなされておられましたので。気晴しになればと」

苦情を言う綱吉に、信子が笑った。

「まったく、そなたにはかなわぬ」

まだ将軍になる前に嫁してきた信子を綱吉は愛おしく思っていた。

「なにを仰せられますやら」

信子が手を口に当てて、笑った。

「すべからく男は女に勝てぬ。なにせ、女の腹のなかで十月十日《とつきとおか》も過ごすのだ。この世に生を受けられたのも、躬《み》を母が産んでくれたお陰である。つまり、躬が将軍となれたのも、母のお陰、つきつめれば女のお陰じゃ」

綱吉が述べた。

「まあ」

一層信子が声をあげた。

「天下を統べるお方が、女を怖れられている。これは公表できませぬな」

「ああ」

信子と綱吉が顔を見合わせてほほえみあった。

「で、その女の話なのだがな」

「山科のことでございますな」

言い出した綱吉に、信子が応じた。

「どんな女だ」

「あいにく、よく知りませぬ」

問われた信子が、申しわけなさそうに首を左右に振った。

「なにぶん、山科は行儀作法の教授でございまする。わたくしとは縁がございませぬ」

信子が告げた。

御台所鷹司信子は、その名前からわかるように、五摂家の一つ鷹司家の姫である。関白や太政大臣を輩出する名門の出だけに、行儀作法は生まれたときからたたきこまれている。公家《くげ》の娘とはいえ、五摂家より格下の山科の局では、信子に何一つ教えることはできなかった。

「それに山科は、わたくしが入ります前から大奥におりました」

四代将軍家綱の御台所浅宮顕子女王のお供で大奥へ来た山科と、夫が将軍になったことで大奥へ居を移した信子では、接点がない。

「わたくしが大奥へ参りましたときに、挨拶を受けたぐらいでございまする」

路傍の人でしかないと信子が言った。

「そうか」

綱吉は落胆した。

大奥の主人とはいえ、御台所は公家の娘や宮家の姫が多い。千近い女たちを統率できるはずもなく、飾りであった。

「調べさせましょうや」

信子が気を遣った。

「いや、信子はするな。山科が、信子と同じ京の出ゆえ、知っていればと思い問うただけじゃ」

綱吉が止めた。

「なにも知りませず、申しわけございませぬゆえ、少しでも……」

「御台所が興味を持った。それだけで、向こうに警戒を与える。警戒されてしまえば、こちらの動きがしにくい」

手助けしようという信子に、綱吉は理由を語った。

「よろしいのですか。なにかお手伝いがしとうございまする」

まだ信子はあきらめていなかった。

「ありがたいが、信子に危険が及んでは躬が困る」

「まあ」

信子が頬を染めた。

「御台さま、そろそろ」

じっと二人を見ていた宇治野が、声をかけた。

「もう、そんな刻限か」

残念そうな顔を信子がした。大奥には細かい慣例がある。御台所の就寝は、暮れ五つ（午後八時ごろ）をこえてはならない決まりであった。

「睦言《むつごと》ならば、いつまでもよかろう」

泊まっていくと綱吉が言った。

「よろしゅうございますので。わたくしは孕《はら》めませぬ」

うれしそうに一瞬顔を輝かせた信子が、情けない表情になった。

「夫婦が一つ閨《ねや》で寝る。当たり前のことである」

綱吉が強く言った。

「……はい」

信子が喜んだ。

一夜の交歓を終えて、綱吉が去っていった。

「宇治野」

館の出入り口まで見送りに出た信子が、柔らかかった表情を硬くした。

「山科のことじゃ」

「公方《くぼう》さまより、なにもするなと厳命されましたが」

腹心が一応止めた。

「大奥での話じゃ、それは。山科のこと、京で調べるには公方さまのお言葉に反しまい」

信子が理屈をこねた。

「……よろしいのでございますか」

宇治野が声を低くした。

「朝廷に逆らうことになるやも知れぬと」

すぐに信子が悟った。

「………」

無言で宇治野が首肯した。

「山科は朝廷から出された細作《さいさく》かも知れぬ」

「はい」

信子の話に宇治野が同意した。

「だが、朝廷が今さら幕府のなにを探るというのだ。将軍の妻として、妾《わらわ》がおり、先代家綱さまの御台所は宮家の姫、上様の甥《おいご》御甲府綱豊どのの簾中《れんちゅう》は、五摂家近衛の姫ぞ。すでに朝幕は一体なのだ。ともに手を取り合って進むことこそ、朝幕の肝心。朝幕の間にすきま風が吹いたとき、天下が乱れる」

　信子が続けた。

「朝幕の絆《きずな》となる。それが妾の役目」

　そう言った信子が寂しそうな顔をした。

「楔《くさび》となる子供を産めなかったのは残念なれど……」

　信子は後陽成《ごようぜい》天皇の曾孫になる。もし、綱吉と信子の間に子ができていれば、天皇家の曾々孫になった。

「御台所さま」

　宇治野が信子の背中に手を当てた。

「……だからこそ、朝幕の繋《つな》がりを緩めるようなまねは許せぬ」

　信子が厳しい目つきになった。

「宇治野、妾に従え」

　強い眼差《まなざ》しで信子が宇治野を見た。

　宇治野も京の出である。実家は中堅どころの公家で、信子と歳が近いことから供に選ばれ、江戸へ下向した。

「御台さま、わたくしがお仕えして何年になりましょうや。今まで生きてきた半分以上を御台さまにお仕えして参りました。そのわたくしに従えという言葉は、情けのうございまする」

宇治野が泣きそうな顔をした。

「ただ、こうせよとお命じくださいませ」

「……京を裏切ることになるやも知れぬ」

「わたくしにとって、もう江戸が故郷でございまする。死しても江戸で葬られたく思っておりますれば」

念を押す信子に、宇治野が述べた。

「妾はよい臣を持った」

信子が誇らしげな顔をした。

典薬頭は若年寄支配で、用のないときは医師溜《だまり》である檜《ひのき》の間ではなく、格式に応じた連歌の間に詰めた。

「兵部大輔どの」

登城した今大路兵部大輔に、半井出雲守が声をかけた。

「おはようござる。今日はまた、ずいぶんとお早い」

いつもならば、後から登城する半井出雲守がすでに来ていることに今大路兵部大輔が驚いた。

「なに、少し興奮することがござってな」

「ほう。なにかございましたか」

話を振られたならば、受けるのが礼儀である。腰を下ろしながら、今大路兵部大輔は仲違《なかたが》いした半井出雲守へ水を向けた。

「珍しい薬が手に入りましての」

「……どのような」

今大路兵部大輔が、顔つきを変えた。

「和蘭陀渡りの高貴薬でござる」

半井出雲守が胸を張った。

「……和蘭陀渡りの高貴薬」

今大路兵部大輔は、怪訝《けげん》な顔をした。典薬頭は、その名のとおり薬を支配する。それがたとえ和蘭陀からの輸入薬でも、知らないものはないはずであった。

「さよう。本国の和蘭陀でも作られたばかりのものでな。わずかな量で、あらゆる人の痛みを取る」

自慢げに半井出雲守が述べた。

「あらゆる痛みを取る……」

聞かされた効能に、今大路兵部大輔が絶句した。もし、それが事実であれば、大事であった。

患者の訴えは、痛みを何とかしてくれというのがほとんどである。怪我の痛み、病による内臓の痛み、心労から来る頭や心臓の痛み、どれも簡単に取れるものではない。頓服《とんぷく》もあるが、それとて万能ではない。頓服の力よりも、痛みが強ければ効果はでないのだ。

もし、すべての痛みをあっという間に取れる薬ができれば、患者の苦しみはほとんどなくなる。そして、その薬を持っている者は、天下の名医と喧伝《けんでん》されるだけでなく、巨万の富を手にすることができた。

「まことでござるか」

「わたくしの申すことが信じられぬと」

思わず問うた今大路兵部大輔に、半井出雲守が機嫌の悪い声を出した。

「そのようなことはござらぬが……あまりに凄《すご》い効能に……」

あわてて今大路兵部大輔が詫《わ》びた。

「そのような妙薬、どこで」

今大路兵部大輔が問いかけた。

「長崎でござる。それ以外にどこからと。まさか、愚昧《ぐまい》が抜け荷などしておるとお考えではあるまいな」

半井出雲守が、絡むように答えた。

幕府は鎖国をおこなっている。諸外国との取引は、長崎の出島に限られている。密《ひそ》かに諸外国の船と取引する抜け荷は、重罪であった。

「拝見できますかの」

今大路兵部大輔が身を乗り出した。

「あいにく、持ってきておりませぬ。なにぶん、高価なものでございますので」

半井出雲守が拒んだ。

「なんという薬でしょうや」

見せないくらいならば、話さなければいい。今大路兵部大輔が不機嫌を隠して尋ねた。

「万能薬は医師にとってなによりの宝、ゆえに宝水と名付けましてござる」

大きく半井出雲守が胸を張った。

「宝水でござるか」

「よい名前でござろう」

自慢げに半井出雲守が言った。

「…………」

今大路兵部大輔が黙った。

「これで上様に万一のことがござっても安心でござるぞ。この半井出雲守、典薬頭として本来為《な》すべき、上様の治療を復活させてみせましょう」

半井出雲守が宣した。

「まあ、そのときは、上様より典薬頭は一人でいいという御諚が出るやも知れませぬが」

下卑た笑いを半井出雲守が浮かべた。

「しばし、御免」

勝ち誇る半井出雲守を残して、今大路兵部大輔が連歌の間を後にした。

「ええい、腹立たしい」

急ぎ足で、今大路兵部大輔が御広敷へと向かった。

「矢切、矢切はおるか」

今大路兵部大輔が、御広敷番医師溜へと踏みこんだ。

「これは典薬頭さま」

医師溜にいた御広敷番医師たちが顔色を変えた。今まで、典薬頭がここまで来たことなどはない。そのうえ、あからさまに不機嫌な顔をしている。

「なんでございましょう」

宿直《とのい》番を終えて、伝の方の局《つぼね》へと日課の治療に行こうとしていた良衛が、応じた。

「付いて参れ」

返答を待たず、さっさと今大路兵部大輔が背を向けた。

「ここでよかろう」

かなり御広敷番医師溜から離れたところで、今大路兵部大輔が足を止めた。

「いかがなさいました」

岳父の見たこともない姿に、良衛は驚いていた。

「そなた宝水という薬を知っておるか」

「……なぜ、その名前を」

良衛は息を呑《の》んだ。吉沢のことを町奉行所に届けはしたが、取られたものは薬とだけ報告し、宝水の名前は出さなかった。

「知っているのだな」

今大路兵部大輔が迫った。

「知っておりますが……義父上《ちちうえ》さまはどこで」

「半井出雲守が手に入れたらしいのだ」

先ほどのことを今大路兵部大輔が語った。

「なんという……典薬頭の座にあるお方が……」

聞いた良衛が天を仰いだ。

「話せ」

「じつは……」

一連のことを良衛は告げた。

「……そのような」

聞き終えた今大路兵部大輔があきれた。

「いかがいたしましょう。目付に届けでましょうや」

良衛も岳父と半井出雲守の間に権力争いがあるくらいはわかっている。そんなものにかかわりたくはないが、巻きこまれるならば一族である今大路兵部大輔の味方をするのが当然だと考えていた。

「目付な……」

少し今大路兵部大輔が思案した。

「矢切、もう一度訊《き》く。その宝水という薬は、すべての痛みを消し去る妙薬ではないのだな」

「はい。患家を眠らす薬でござる。その結果、患家は痛みを感じなくなるだけで、目覚めればもとのとおりになりまする。尿路に石が溜《た》まった、怪我をしたばかりで痛みが厳しいなど、ときとともに痛みが軽減する場合には、寝ている間にましになりますゆえ、痛み止めとして使うこともできましょうが、そうでない場合には意味がございませぬ。いえ、一時的とはいえ、痛みを感じなくなりますゆえ、目覚めたとき……」

「より痛く感じることもあると」

良衛の話を、今大路兵部大輔が引き取った。

「ふむ。おもしろいな」

今大路兵部大輔がほくそ笑んだ。

「義父上さま……」

良衛が今大路兵部大輔の顔を見た。

「矢切」

今大路兵部大輔が声をひそめた。

「宝水のこと、忘れよ」

「えっ」

意外な命に良衛は驚愕《きょうがく》した。

「よろしいのでしょうか。直接手は下されておりますまいが、宝水の盗難に半井出雲守どのが関係しておられるのはまちがいございませんが……」

半井出雲守を追い落とす好機ではないのかと良衛は問うた。

「盗みなどで半井出雲守を駆逐しても、意味がない。それでは、いつか復活してくるやも知れぬ」

幕府には名門の血を絶やさないという暗黙の了解があった。罪を犯しても、それが謀反でないかぎり、ほとんどの場合、当主を変え、禄《ろく》を減らすていどで家を存続させている。

「二度と医師として復帰できぬようにする好機じゃ」

今大路兵部大輔が小さく笑った。

「どのように」

「そなたは知らずともよい。ご苦労であった。もどってよい」

尋ねた良衛を、今大路兵部大輔があしらった。

「はあ」

典薬頭に言われてはしかたない。良衛は引きさがった。

「よくぞ、盗まれてくれたの」

良衛の姿が見えなくなったところで、今大路兵部大輔が呟いた。

「上様、あるいは執政衆になにかあったとき、出雲守は喜んで宝水を使うだろう。自信満々で、効能を大きく宣伝し、己がどれだけ苦労してこの薬を手に入れたか、己の有能さを滔々《とうとう》と語ってな。だが、それが効かなかったとなればどうなる。ましてや、薬は痛み止めではない。眠り薬じゃ。上様や老中方が眠られてしまえば、政が滞る。もっともそれで痛みが消えれば、問題とはなるまいが、一層ひどくなったなどと糾弾されたとしたら……医師としての半井家は終わる。結果、儂《わし》だけが残る。典薬頭としてな」

今大路兵部大輔が小さな笑いを浮かべた。

第五章　それぞれの夢

一

須磨屋喜兵衛は、怒りを抑えきれなかった。

「くされ医師が見栄をはりおって」

良衛に手厳しく拒まれた恨みを晴らすべく、須磨屋喜兵衛は御用聞き泉水の五郎次郎を呼んだ。

「またでござんすか」

五郎次郎が眉《まゆ》をひそめた。

「いくら須磨屋さんのお頼みでも、二人目は……」

「まちがえては困りますよ、泉水の親分。わたくしはね、なにも殺してくれと言っているわけではございません。ちと痛い目に遭わせてやっていただければ結構。そうでございますね。二度と外道医などと名乗れぬよう、両手の指をへし折ってもらいましょう」

殺しの仲介は嫌だと首を左右に振った五郎次郎に、須磨屋喜兵衛が告げた。

「殺さなくてよろしいので」

「当たり前でございましょう。殺してしまえば、それまでではございませんか。偉そうに医者の道を説いた坊主が、医術を使えない身体になる。その落胆するさまを見ないでどうするんです。私に逆らった愚か者をひとおもいに殺すなんて、そんな慈悲は与えませんよ」

暗い笑いを須磨屋喜兵衛が浮かべた。

「それならば、こちらでどうにでもできやす」

あからさまに五郎次郎がほっとした。

江戸は男が多いこともあり、喧嘩《けんか》はしょっちゅうであった。毎日どこかで喧嘩沙汰《ざた》は起こっている。となれば、よほど大きな被害でも出なければ、奉行所も動かない。というか、死人が出ない限りは、見て見ぬふりをする。

「そうかい。それはありがたいことで。ただね、その医者坊主が、近所で聞いたところによると、そこそこ剣術を遣うらしいんですよ」

「剣術遣いでやすか」

「といったところで、本業は医者でございましょう。さしたるものではないと思いますが、念のため、これだけお遣いくださいな」

須磨屋喜兵衛は懐から小判を十二枚出した。

「十枚は、医者に鉄槌《てっつい》を下してくれる人に。残りは親分さんにね」

「こいつはどうも」

五郎次郎が喜んだ。

町奉行所の手下には手当など出ない。手札をくれている与力、同心から月に一分か二分の小遣い銭をもらえればいい方である。御用聞きは、誰もが金に困っていた。

「頼みましたよ」

「早速に」

金を懐に入れた五郎次郎が引き受けた。

「ところで、伊賀者の話はどうなりました」

「すでに深川の顔役に話はつけてあります」

「なら結構でございます。一度どうなったか聞き合わせてくださいな。こちらも知っておかないと依頼主から訊かれたとき返答に困りますので」

五郎次郎の答えに、須磨屋喜兵衛が言った。

「へい」

首肯して五郎次郎が須磨屋を後にした。

「十両か……」

須磨屋を出た五郎次郎が懐の金の重さを手で量った。

「二両は、ありがたいが、手下《てか》たちに小遣いをくれてやれば、あっという間に消えてしまう。もうすぐ、節季の支払いもある」

難しい顔を五郎次郎がした。

「手下たちにやらせるか。一人一両もやれば、文句は言うめえ。剣術を遣うといったところで、囲んでしまえばすむ。四人いればいけような。そうすれば、二両どころか八両残る。八両あれば、支払いをすませてもまだ少し残る。お峰《みね》に古着の一枚くらいなら買ってやれるな」

五郎次郎の表情が硬くなった。

御用聞きには縄張りがあった。縄張りをこえるときには、あらかじめ声をかけるのが筋である。しかし、良衛を襲うから、縄張りに入るなどと言えるはずもない。

五郎次郎は手下四名を連れて、御法度の縄張り破りをしていた。

「親分、よろしいので」

「心配するねえ。ここらを締めてる鉋屋《かんな》の荷吉《にきち》は、よく知っている。あいつがまだ親分になる前から、面倒を見てやっていたんだ。多少のことで、目くじらなんぞ立てられねえよ」

落ち着きのない手下を五郎次郎が抑えた。

「あの屋敷だ。あそこから出てきた医者坊主を取り囲んで、やっちまえ。わかっているると思うが、縄張り外だ、殺すなよ。手を潰《つぶ》すだけでいい」

「へい」

「わかってやす」

薪《まき》を持った手下たちがうなずいた。

「大柄らしいからな。まずは、鮫次《さめじ》、おめえが頭を殴りつけて、気を失わせろ」

「わかりやした」

もっとも背丈の高い手下に、五郎次郎が指示した。

「弥輔《やすけ》、おめえは背が低いのを利用して、足を狙え。膝《ひざ》を後ろから叩《たた》け。そうすれば立ってられなくなる」

「任せておくんなせい」

弥輔が応じた。

「そのあと、おまえたち全員で手の指を潰せ。念入りにな。指の骨を全部細かくだけ。二度と箸《はし》も持てないようにな」

「合点だ」

残った二人の弟子が首を縦に振った。

「それが終わったら、さっさと逃げろ。いいな。俺は先に戻っている。ことをすませたら顔を出せ。小遣いをやる」

「ありがとうさんで」

金をもらえると聞いた手下たちが喜んだ。

「ぬかるんじゃねえぞ」

もう一度念を押して、五郎次郎が去っていった。

「どう思う」

鮫次が口を開いた。

「なにがだ」

弥輔が首をかしげた。

「今まで、親分に逆らう連中を痛めつけたことは何度もあるが、金をもらえるなんてなかったろう」

「たしかにな」

鮫次の話に、弥輔が同意した。

「裏になにかあるんじゃねえか」

「あってもどうすると言うんだ」

言った弥輔に鮫次が問うた。

「どうするって……金に」

「親分を敵に回すことになるぞ。穏やかそうな顔をしているが、親分はきついぞ。裏切りは許さないだろう。おめえだって知っているだろう、蔦屋《つた》の話。代々出入りだった親分を外して、別の者を入れた蔦屋のことを」

弥輔が険しい顔をした。

「それは……」

鮫次の勢いが落ちた。

「いきなり無頼が蔦屋に入り浸るようになって、あっという間に潰れてしまった。

新しい出入りになった親分も、来たはいいが、手下ごとたたきのめされた。出入り先を守れなかった御用聞きに、誰ものごとを頼みはしねえ。あっさりと夜逃げだ。で、そのあとの縄張りは、しっかり親分のものになっちまった。敵に回すと怖いぜ、親分はよ」

「だったな」

小さく鮫次がため息を吐いた。

「金がもらえるだけ、ありがたいと思うしかあるめえ」

弥輔が話を終わらせた。

「……あれじゃねえか」

見張っていた手下が、声を発した。

「でけえ坊主だな。鮫次とどっこいどっこいだ」

弥輔が驚いた。

「まあいい。やるだけよ」

四人が、隠れていた辻《つじ》角から走り出した。

非番ながら、大奥へ行かなければならない。純粋に治療だけならばいいが、その主目的は、大奥の闇を探ることなのだ。良衛は重い気を引きずって、屋敷を出た。

「ごうらあああ」

「やあああああ」

人を襲うのを商売にしている連中ならともかく、普通は気を奮い立たせなければ、暴力など振るえない。

弥輔たちが、大声をあげて威嚇しながら走ってきた。

「…………」

気怠《けだる》げだった良衛の雰囲気が一転した。良衛は手にしていた薬箱を地に置くと、弥輔たち目がけて駆けだした。

「えっ……」

「なんだあ」

鮫次たちが驚いた。

男四人が薪を振りあげながら、大声で迫ってくる。普通ならば身をすくませるか、逃げ出そうとする。それがぎゃくに向かってきた。

四人の手下たちが戸惑った。

「幕府御医師矢切良衛と知ってのうえだろうな」

大声で良衛は、まず己の正統性を主張した。

「……かまわねえ。やっちまえ」

鮫次が五郎次郎の策どおり、最初に動いた。

「喰らえ」

大きく薪を振りかぶって、鮫次が殴りつけてきた。

「ふん」

素人《しろうと》に近い鮫次の一撃など、わずかに身体をひねるだけでかわせる。

「ならば、こっちだ」

屈《かが》みこんだ弥輔が、良衛の左膝《ひだりひざ》を狙った。

「見え透いたまねを」

良衛は軽く跳んで、弥輔の薪に空を切らせた。

「わっ」

ともに渾身《こんしん》の力を入れたのだ。外されて二人が体勢を崩した。

「ぬん」

あげた足を下ろし際に良衛は弥輔の頭を蹴《け》った。

「がっ」

額に強力な打ちこみを受けて、首をがくつかせた弥輔が崩れた。

「こいつめ」

その隙に、なんとか体勢を立て直した鮫次が薪を水平に薙《な》いだ。

「おうよ」

良衛はかわさなかった。一歩踏みこんで、鮫次の懐へ入り、薪ではなく肘《ひじ》に身体を押しつけて、勢いを殺した。

「野郎」

止められた鮫次が、腕を引こうとした。

「逃がすか」

そのまま身体を離さず、良衛は鮫次の右腕を抱えこみ、右手で肩を押さえるように固定したうえで、押しこんだ。

「ぎゃっ」

限界をこえて押しこまれた鮫次の肘の筋が伸びきった。苦鳴をあげた鮫次の手から力が抜け、薪が落ちた。

「わあああ」

「くらえええええ」

残っていた二人が薪を手に近づいてきたが、怯《おび》えからか腰が引けていた。

「手出ししたのはそちらだ。覚悟せい」

良衛は医者として患者にはやさしい。だが、剣士として敵には厳しい。二人の薪が振り落とされる動きを見抜き、それぞれの差を読みとった。

少し早い一人のみぞおちに当て身を喰《く》らわせ、遅れて追ってきたもう一人の手首を拳《こぶし》で打って、薪を飛ばせた。

「がはっ」

「痛《いて》えええ」

当て身を喰らった男が気を失い、手首を叩《たた》き折られたもう一人が絶叫した。

「黙ってろ」

手首を押さえて転がり回る男の首筋に、良衛は足刀を決めて意識を刈り取った。

「ううう」

頭を蹴られた弥輔が、呻《うめ》きながら起きようとした。

「があああ」

その頭を良衛は手で摑《つか》んだ。

人の頭蓋骨《ずがいこつ》は何枚かの骨でできている。脳を納めている部分だけを抜き出しても、前頭骨、頭頂骨、後頭骨など八枚の骨がある。これらは一部を除いて胎児の間に接合し、一つの形を作るが、その境界は残る。骨と骨が接合しているところは、多少とはいえ弱い。そこに良衛は圧をかけた。

「や、やめて……」

弥輔が哀願した。

脳は頭蓋骨のなかで液中に浮いている。脳頭蓋液、髄液などと言われるそれは、脳へ栄養を与えると同時に、衝撃が伝わったときの緩衝剤となる。

だが、決められた容積の頭蓋骨のなかを満たしているのだ。その頭蓋骨が外から押さえて内側に圧をかければ、緩衝剤の髄液が脳へ力を伝えてしまう。均等に分散してはくれるが、圧は消えない。

剣術を続けてきた良衛の握力は強い。小柄な弥輔の頭は、良衛の片手にすっぽり包まれていた。

「誰に言われた」

「……それは」

良衛の尋問に、弥輔が抵抗しようとした。

「別におまえでなくてもいい。他のやつに訊《き》くだけだ」

良衛は指に一層の力を加えた。

「ぐあ……わ、わかった。泉水の五郎次郎親分だ」

弥輔が白状した。

「……弥輔」

右腕を抱え座りこんでいた鮫次が咎《とが》めるような声を出した。

「御用聞きだな」

「そうだ。話した。だから、手を」

弥輔が頼んだ。

「よかろう」

突き飛ばすようにして、良衛が弥輔を解放した。

「おまえたち、わかっているのか。愚昧《ぐまい》は幕府御広敷番医師だ。御上役人ぞ。それを御用聞きの手下が襲った。ことは泉水の五郎次郎とかいう御用聞きの旦那《だんな》である同心まで及ぶ」

「げえっ」

鮫次が、絶句した。

手下とはいえ、町方の一員である。それが町同心の名前に傷を付けたのだ。

「しかも愚昧は、今から大奥へあがりお伝の方さまの御用を果たすところであった。それを邪魔したのだ。愚昧が、その旨をお方さまにお伝えし、大奥から町奉行に苦情を申し立てれば……町奉行の進退問題になる」

「わあああああ」

弥輔が震えだした。

町方にとって、町奉行は雲の上の人である。その町奉行を罪に問う行動を己たちがした。これがなにを意味するか、一同は今になって理解した。

「町奉行の首を飛ばしたおぬしたち、命じた五郎次郎を町方が許すか」

「…………」

良衛の言葉に、誰もなにも言えなかった。

「このようなまねをするのだ。叩けば埃《ほこり》が出るのだろう。町方に捕まえられたら、どうなる」

「こ、殺される」

弥輔が首を大きく左右に振った。

町方が自白を促すために拷問をおこなうのは、周知の事実である。石抱きや海老《えび》吊《つ》りなど一部の拷問には、牢《ろう》医師の立ち会いが要るとはいえ、死なないとは限らないのだ。まして、割れ竹で叩くなどは、医師不要できる。割れ竹でも叩き続ければ、人は死ぬ。

「愚昧は今から、大奥へあがる。そして報告する。すぐに逃げたほうがよいぞ。江戸からな。そして、二度と帰ってこないことだ」

「あ、ああ」

「わかった」

弥輔と鮫次が顔を見合わせた。

「お、おい」

良衛に当て落とされた仲間を起こして、手下たちが去っていった。

「須磨屋の仕業だな」

町方を利用した。これで良衛は依頼主を推測した。

「須磨屋は大奥出入りを称していた。先日のお伝の方の様子を教えろとの話といい、裏にいるのは、やはり山科の局《つぼね》。大奥のことに大目付は役に立たぬ。飾りでしかない大目付では、顕職である町奉行へ力を及ぼせない。やはり、お伝の方さまにご報告申しあげるが正解だな」

良衛は、薬箱を拾いあげた。

二

非番の日も往診する、良衛の慣例にない行動は、あちこちに軋轢《あつれき》を生んでいた。

だが、将軍の寵姫《ちょうき》である伝の方に逆らえる者などない。下の御錠口番も不機嫌な顔を見せはするが、良衛の通過を拒むようなまねはしない。大奥は、伝の方の威光に従順であった。

「異常だぞ」

良衛のしていることに危機を覚えたのは、同僚の木谷水方であった。

「外道で、毎日療養があるとは思えぬ。聞けば矢切は、京で有名な本道医名古屋《なごや》玄医《げんい》のもとで修業を積んでいたという。まさか、あやつめ御広敷番で本道に手出しをする気か」

医者の縄張り意識は強い。己が得意とするところに、手出しをされて黙っていることはなかった。

「芽は早いうちに摘むに限る」

決意した木谷は、山科の局の中臈五月《さつき》へ連絡した。

であった。

「薬をお持ちしたい」

これは表向きの口実で、その実は、金で山科の局に飼われている木谷の繋ぎ方法であった。

「すぐに参れ」

五月からの返事を受けて、木谷は大奥へと入りこんだ。

「なにがあった」

局に来た木谷に五月が問うた。

「先日御広敷番へ異動して参りました外道医矢切のことでございまするが、あの者、やはり大目付の松平対馬守さまと繋《つな》がっているようで」

木谷が告げた。

毎日のように呼び出される伝の方の局ほどではないが、松平対馬守はよく良衛を呼び出している。表御番医師は、患者の応急処置だけで、以降はかかわらないという慣例に背いているのだ。木谷が松平対馬守と良衛の繋がりを予想したとしても当然であった。

「矢切がお伝の方さまのお局で誰を診ているかはわかっている」

五月が言った。

御広敷番医師の大奥出入りは、その詳細を表使に届ける義務があった。表使は、大奥へ出入りする人、ものを管轄する。さほど身分は高くないが、その権は大きい。行儀作法を教授するのが山科の役目である。御台所、一部の上臈を除けば、大奥女中のほぼすべてが、山科の教えを受けている。

大奥の役人たちは、上臈の山科に頭があがらなかった。表使も例外ではなかった。

「なにを話しているかを知りたいのだ」

五月が木谷の顔を見た。

「先達として問うたのですが、拒まれましてございまする」

木谷が申しわけなさそうにした。

「情けないよの。それで御広敷番医師最古参といえるのか」

五月があきれた。

「それにしても大目付が御広敷番医師を使う。その目的はなんじゃ」

大奥女中は表役人のうち、御広敷にいる者と老中、勘定方くらいとしか会わない。縁のない大目付のことを知らずしても無理はなかった。

「大目付の仕事は、大名、高家《こうけ》、朝廷の監察でございますれば、大奥とはまったく関連がございませぬ」

「朝廷だと」

上段の間から声がした。

「お方さま……いかがなさいましたか」

五月が驚いた。

すっと音もなく、上段の間との間の襖《ふすま》が開き、なかから山科が顔を出した。

「山科の局さま」

「お方さま」

あわてて木谷と五月が手をついた。

「もう一度申せ」

立ったままで山科が命じた。

「なにをでございましょう」

五月が尋ねた。

「ええい。大目付の役目がどうとかというところじゃ」

山科が苛立《いらだ》った。

「それでございましたら、大目付の仕事は、大名、高家、朝廷の監察……」

「まことか」

五月の言葉に押し被せるようにして、山科が確認した。

「のように聞いておりまする」

木谷が答えた。

「……まずいな」

山科の表情が変わった。

「お方さま……」

五月が心配そうに声をかけた。

「十六夜はどこじゃ」

「本日は当番でございますれば、火の番の見回りに出ておりまする」

訊《き》かれた五月が告げた。

「当番か。ならば、戻り次第、妾《わらわ》のもとへ寄こせ」

「わたくしにできますことなれば、十六夜を待たずとも」

五月が気を遣った。

「そなたで間に合うならば、十六夜を待つわけなかろうが。ええい、役に立たぬやつばかりよな。江戸者は」

不満を露わにしながら、山科が上段の間へと引っこんだ。

「なにがござったのか」

「わからぬ」

呆然《ぼうぜん》とする木谷に、五月も啞然《あぜん》とした。

伊賀者は、やられたらやり返すを掟《おきて》としていた。

稲造と美杉から訊きだした雑炊の親爺《おやじ》のもとへ、三名の伊賀者が出された。

「おいっ」

若い妾《めかけ》の上にのしかかっていた雑炊の親爺は、背中を蹴《け》り飛ばされて蛙のように潰《つぶ》れた。

「な、なにを」

「ひいい」

雑炊の親爺と若い妾が、悲鳴をあげた。

「……寝てろ」

伊賀者が若い妾の首筋を叩《たた》いて気を失わせた。

「て、てめえら、儂《わし》が誰だかわかっているんだろうな。このままじゃすまさねえぞ」

あっさりと妾が落とされたことに、雑炊の親爺が脅えながらも、虚勢を張った。

「おまえこそ、我らを誰だと思っている」

「えっ……」

「情けない。灯をつけてやれ」

伊賀者のように夜目が利くわけなどない。

「…………」

有明の行燈《あんどん》の灯が大きくなった。

「あっ……忍」

黒装束の伊賀者が浮かんだのを見た雑炊の親爺が息を呑《の》んだ。

「二人ともしくじったな。だけじゃなく、儂を売りやがった」

稲造と美杉を雑炊の親爺が罵《ののし》った。

「用件はわかっているだろう。誰に頼まれた」

「…………」

「無駄なことをするな。あの二人が吐いたのだ。同じ目に遭いたいか」

沈黙した雑炊の親爺へ伊賀者が凄《すご》んだ。

「依頼人のことを喋《しゃべ》るのはご法度、この渡世で生きていけなくなる」

雑炊の親爺が首を左右に振った。

「安心しろ。誰もおまえが喋ったとはもらさん。ここに我らが入ったことさえ知られぬ。おまえさえ黙っていれば、丸く収まる」

「……だが、依頼主には知られる」

「依頼主が生きていられるとでも……伊賀に手出しをして」

低く伊賀者が笑った。

「儂に話を持ちかけたのは、依頼主じゃねえ。あいつにそんな金はない。ましてや、伊賀者と確執なんぞあるはずねえ」

雑炊の親爺が首を左右に振った。

「そこまでおまえは気にしなくていい。生きていたければ、仲介役の名前と居場所を語れ」

冷たく伊賀者が命じた。

「本当に助けてくれるんだろうな」

「殺す気なら、女を寝させはせぬ」

意識を刈り取られ、床に伏している若い妾を伊賀者が指した。

「……泉水の五郎次郎という御用聞きだ。住まいは……」

雑炊の親爺が肩を落とした。

「残って見張っておけ。下手に動かれると面倒だ」

伊賀者が、片隅でうずくまっている別の伊賀者へ指示した。

「なにもしねえ。もう、二度と伊賀にはかかわらねえ」

見張りを残すという伊賀者に、雑炊の親爺が必死に抵抗した。

「おめえが嘘をついていないかぎり、なにもせぬ。灯りは消す。明日《あした》、日が昇れば、自在にしていい。それまで部屋から出るな。行くぞ」

もう一人の伊賀者に合図をして、喋っていた伊賀者が闇へ消えた。

「……ひいっ。もう嫌だ。隠居して田舎に帰る」

合わせるように消えた灯りに、雑炊の親爺が悲鳴をあげた。


良衛の襲撃に失敗したと五郎次郎が気づいたのは、日が落ちたことによった。

「まだ帰って来やがらねえということは、しくじったな。仕上げたならば、金を受け取りに来ねえはずはねえ。医者坊主一人に情けねえ。罰だな。三ヵ月ほど手当なしで、こき使ってやる」

一人で酒を飲みながら、五郎次郎が怒った。

「さて、どうするか。手下どもが当てにならないとなれば、誰かに頼むしかねえが……浮いた手下どもの手当で間に合えばいいが。適当に浪人者を見繕うか。金に困っている浪人者なら、いくらでも……」

そこまで口にしたとき、五郎次郎の首筋に刃が触れた。

「えっ……ひい」

冷たい刃の感触に、五郎次郎が絶句した。

「声を出すな。死ぬぞ」

「誰だ……」

「伊賀の使者よ」

「……伊賀者。雑炊の親爺、失敗したな。ちっ、依頼主のことを喋るとは、掟破りを」

五郎次郎がすぐに悟った。

「年寄りのせいにするな。伊賀者をどうにかできると思った、きさまが愚かだったのだ。己の不明を恥じよ」

伊賀者があきれた。

「誰に頼まれた」

「………」

訊かれた五郎次郎がぐっと唇をかみしめた。

「随分な忠義だな」

嘲笑《ちょうしょう》を伊賀者が浮かべた。

「無駄をさせるな。少し調べれば、そなたがどこの誰と繫《つな》がっているかなど、簡単に調べられる。ただし、伊賀に手間をかけさせるのだ、その報いは身体で受けてもらうことになる」

「身体で……」

「喋らないのだろう。となれば、まず舌は要らぬな。つぎに、吾《われ》の話を聞かぬのだ。耳も不要」

淡々と伊賀者が語った。

「…………」

「がんばろうという意思は認めてやるが、意味ないぞ。そなたを生かしておくつもりはないからの。楽に死ねるか、苦しみ抜いて死ぬかのどちらかだ。なにせ、雑炊の親爺だったか、あやつから後々のため始末しておいてくれと頼まれたでな。ずいぶんといい関係だったようだな」

伊賀者が笑った。

「あのくそじじいがっ」

五郎次郎が怒った。

「では、こちらも忙しいのでな。口を開かぬ貝にこだわってはおられぬ」

「……ま、待ってくれ」

首筋に当てられた刃に圧力が加えられた五郎次郎が、泣きそうな声をあげた。

「喋る。言う。だから、助けてくれ」

五郎次郎が縋《すが》った。

「浜町の須磨屋の旦那《だんな》だ。旦那から受けた」

交渉する余地はないと悟った五郎次郎が明かした。

「大奥出入りの須磨屋喜兵衛か。そうか。話は繋がったな」

御広敷伊賀者は大奥の出入りも見守る。須磨屋喜兵衛が誰の局とつきあっているかは把握していた。

「なあ、助けてくれ。雑炊の親爺のところには行かない。いや、御用聞きも辞める。そうだ、江戸から消える。だから殺さないでくれ」

五郎次郎が嘆願した。

「江戸から消えるか」

伊賀者が考えこんだ。

「あ、ああ。二度と江戸へは帰ってこない」

希望が見えた五郎次郎が強く肯定した。

「わかった。では、二度と江戸へ帰って来られぬところまで送ってやろう」

五郎次郎の首筋から、刃が離れた。

「えっ……ぎゃっ」

一瞬きょとんとした五郎次郎が、絶叫した。

「うるさいやつだ」

五郎次郎の背中から腹へ突き通した忍刀を伊賀者が抜いた。

「町奉行所にかかわりのある者を生かしておくはずなかろうが。どこでどう話が回らぬとも限らぬ」

五郎次郎の背中に右足をあて、蹴《け》るようにして伊賀者が刃を抜いた。

「磯田」

「なんだ、沢尻《さわじり》」

刃を拭《ふ》いている伊賀者に、もう一人の伊賀者が声をかけた。

「敵は山科とわかった。須磨屋はどうする」

「どうするとは。殺すに決まっているだろう。伊賀と敵対したのだ」

血糊《ちのり》を拭き終えた磯田が、忍刀を鞘《さや》に戻した。

「金蔓《かねづる》にできぬか」

「……金蔓だと」

磯田が怪訝《けげん》な顔をした。

「おぬしも知っているだろう。勘定頭の荻原重秀どのを」

「ああ」

言われて磯田が苦い声を出した。

「荻原どののお陰で、我ら伊賀者の闇金が減った」

従来通りの明細なしでいいとは言われたが、前のように存分とはいかない。目を付けられているのだ。今までなら半額抜いていたところを四分の一くらいに遠慮している。

伊賀者の収入はあきらかに減っていた。

「なるほどな。命の代金を須磨屋に払わせるか。しかし、こいつは殺したのに、須磨屋を生かしておくのはどうだ」

沢尻の提案に、磯田は首をかしげた。

「地獄の沙汰《さた》も金次第というであろう。金で命を買わせるのだ。商人にとって、金は命とも言う」

「ふむ。殺して金を奪えば、強盗だ。町奉行所が動く。しかし、生かして金を出させれば、奉行所は出張《でば》ってこない」

磯田が悩んだ。

「金が要る。嫁が子を産むのだ」

沢尻が述べた。

「伊賀の掟《おきて》は、敵対した者を許さない。だが、今回は誰も死んでいない。怪我もないのだ。もし、石蕗が殺されていたならば、吾も須磨屋を生かすつもりはない。が……」

「……わかった。伊賀が生きるに金は要る。須磨屋の命、金で買わせよう」

磯田が同意した。

「となれば、数日おいた方がよいな。この御用聞きが殺されたというのは、明日《あした》には知れよう。心当たりのある須磨屋も脅えるはずだ。不安が高まったところで、脅しをかければ、商人など簡単に落ちよう。雑炊の親爺も充分におどしてある。黒布の影におびえて、江戸から逃げ出すだろう」

「そうだな」

ほっと沢尻が息を吐いた。

「その前に、山科をな」

「さすがに大奥警固の我らが、上臈を害するわけにはいかぬぞ」

磯田の言葉を、沢尻が否定した。

御広敷伊賀者の主たる任は大奥の警固である。その大奥で上臈が殺されれば、当然警固失敗の責任を負わされる。なんといっても大奥は将軍が出入りするのだ。そこで大奥上臈が不審な死にかたをしたなどとなれば、伊賀者の運命は決まってしまう。

警固に穴があったとして、役目を奪われるか、伊賀者が下手人であると見抜かれて、潰《つぶ》されるか。どれほど恨みがあろうとも、大奥のなかで復讐《ふくしゅう》を果たすことはできなかった。

「荻原どのを使おう。山科が金を貯めこんでいると報せればいい」

「場所と金額の特定はせねばなるまい。でなくば、荻原どのも動けぬであろう」

沢尻が難しい顔をした。

「それくらいは容易だろう。前の石蕗のときは、疑いさえ薄かった。ゆえに一人で行かせた。その結果、石蕗は不意を突かれて傷を追った。石蕗の未熟もあったがな。だが、今度は数を出す」

「後詰めがおれば、負けぬ」

納得した沢尻がうなずいた。

「荻原どのは、上様のお気に入りじゃ。荻原どのから申しあげていただければ、上様も放置はなさるまい」

磯田が述べた。

三

御広敷伊賀者の定数は九十六名いた。これが当直、宿直、非番の三交代をこなしている。つまり、一組三十二名で大奥を警固し、探索御用をこなす。

「さて、手順だが」

磯田が三人の伊賀者を率いていた。

「山科の局《つぼね》に属している女中は、お末までいれて九名だ。そのうち火の番は一人」

「あやつか」

伊賀者の一人が、低い声を出した。

「石蕗、無理を言ってついてきたのだ。勝手なまねはするな。万一、指示に従わないまねをしたときは……」

磯田が警告した。

「わかっている。組八分などされれば、終わりだ」

石蕗が怒気を抑えた。

「まず、一人が囮《おとり》となって、火の番の注意を引く。その間に、残り二人が金の隠し場所と金額を調べる。吾《われ》は万一、他にも敵がいたときのために後詰めをしている」

磯田が計画を話した。

「囮の役、やらせてくれ」

石蕗が手を挙げた。

「……よかろう」

じっと目を覗《のぞ》きこんで、磯田が認めた。

「では、いくぞ」

四人の伊賀者が、大奥の天井裏へ走りこんだ。

十六夜は、局の最奥、縁座敷に詰めていた。縁座敷は六畳ほどの小部屋で、主《あるじ》が化粧をするための鏡、道具などが置かれている。出入りは、主の寝室となる上段の間としかできず、盗難にはもっとも強かった。

「…………」

端座していた十六夜が、立ちあがり、手にしていた手槍《てやり》を構えた。

「相変わらず、そいつを遣うか」

天井裏から声が落ちてきた。

「……きさま、あのときの忍だな」

十六夜が気づいた。

「痛かったぞ」

石蕗が恨みを吐いた。

「女の部屋を覗くからだ」

十六夜が言い返した。

「覗かれて困るものがあったのだろう」

「なにを言うか。そのようなものあるはずもなかろう」

手槍を十六夜が手元に繰り込み、いつでも突けるような体勢を取った。

「そこか……」

声を頼りに、十六夜が天井を突いた。

手槍は、柄の長さが五尺（約百五十センチメートル）ほどのものに、穂先が付いている。室内でも取り回ししやすい代わりに、間合いは狭い。せいぜい天井板を穂先が突き破るくらいである。

「どこを突いている」

全然違うところから、石蕗が笑った。

「おのれっ」

からかわれた十六夜の頭に血が上った。

「くらえ」

別のところを十六夜がふたたび突きあげた。

「はずれだ」

石蕗が嘲《あざけ》った。

「むううう」

十六夜がうなった。

先日、あっさり撃退できた伊賀者に嘲弄《ちょうろう》されている。別式女としての矜持《きょうじ》に傷が付いたのと、先日山科から呼び出されて、なんとしてでも守りとおせと厳命された緊張が、一層十六夜の実力を奪っていた。

「よかろう」

二人の遣《や》り取りを見ていた磯田が、残り二人の伊賀者に合図した。

「……」

無言で二人が、天井裏から隣室の押入を伝って、床下へと降りた。

「……あれだな」

「ああ」

二人は縁座敷の真下あたりで、隠し箪笥《だんす》を見つけた。

「横からは開けられぬな」

隠し箪笥は上だけでしか開け閉めできない構造になっていた。

「しかし、なかを確認せぬと荻原どのに怒られるぞ。開けてみて、中身が砂糖だったりしては、伊賀の面目が潰れる」

二人の伊賀者が顔を見合わせた。

「切るか」

「錣《しころ》ならあるぞ。杉板のようだから、すぐに切れよう」

一人の伊賀者が懐から手のひらより少し大きめの木の葉のような形の刃物を出し

た。木の葉の周囲には、鋸《のこぎり》のような刃が付いていた。

「頼む」

「…………」

無言で応じて、鋸を動かす。すぐに、小判が溢《あふ》れないほどの小窓ができた。

「灯り」

隠し箪笥のなかは真っ暗である。切った伊賀者が、もう一人に告げた。

「おう」

言われた伊賀者が、懐から矢立を出した。矢立は筆と墨を一つにした携帯道具である。筆の入った持ち手の部分があり、その先に墨を入れる壺《つぼ》が付いている。その壺に墨の代わりに火のついた小さな炭が入っていた。そこに懐から出した綿の固まりを入れると、一瞬、綿が燃え、あたりを照らす。

「……すさまじいな」

「数えきれん」

小窓から火のついた矢立を差し入れた伊賀者が息を呑《の》んだ。

「……引くぞ」

「ああ」

いつまでも呆然《ぼうぜん》としているわけにはいかない。二人の伊賀者は、天井裏へ戻った。

「確認した」

「そうか」

報告を受けた磯田がうなずいた。

「石蕗。そろそろ遊びは終わりだ」

磯田が石蕗へ報せた。

「おう」

石蕗が磯田を見た。

「やああ」

返答した石蕗の気配を感じとったのか、十六夜が突いてきた。

「……っ」

的確に襲われて、石蕗が跳ねた。

「ちっ」

足の傷が完治していないためか、思ったほど避けられなかった石蕗が舌打ちをした。

「退くぞ」

磯田の指示で、伊賀者たちが去った。

「くそっ。逃げた」

十六夜が悔しげに地だんだを踏んだ。

「そうだ。金は」

あわてて十六夜が畳と床板を剝《は》がした。

「無事だ……」

十六夜がほっとした。

「終わったか」

静かになってすぐに、山科が顔を出した。

「撃退いたしましてございまする」

誇らしげに十六夜が天井板を見た。

「穴だらけじゃな」

山科があきれた。

「金は無事だな」

「はい」

十六夜が胸を張った。

「……とはいえ、安心はできぬ。二度も来た。ということは疑われていると考えるべきである」

「いかがいたしましょう」

山科の発言に十六夜が不安げな顔をした。

「金をどこかに移さねばならぬ」

「これだけの金を……どこへ」

十六夜が驚いた。

「大奥の外がいい。そろそろ京から誰か来るはずだ。その者に託し、京へ送る」

山科が言った。

「これだけの小判となりますと、長持一つに入りましょうが、運べませぬ」

十六夜が首を左右に振った。

小判一枚の重さは、およそ四匁半強（約十七グラム）である。それが六千枚ある。重さにすれば二万七千匁強、貫にして二十七貫（約百一キログラム）ほどになった。金だけでその重さである。そこに長持の自重を加えれば、三十貫をこえる。とても女の手で動かせるものではなかった。

「分けるしかないな。あと運び手は五菜を使えばいい」

五菜とは、大奥の下男である。女中の買いものや、家具の移動など力仕事を担当した。そのため大奥へ入ることが許される鑑札を与えられていた。

「金はどこへ」

動かしかたを指定した山科に、十六夜が訊《き》いた。

「須磨屋に預ける」

「……須磨屋でございまするか。あまりご信頼なさるべきではないかと思いまする。お方さまに、条件を出すような輩《やから》」

十六夜が山科を見あげた。

「だからよいのよ。なにも要求せぬ商人など信用できぬ。武士は忠義で、百姓は実《みの》りで、商人は利で生きている。儲《もう》けを求めぬ商人は、忠義のない武士と同じだ。須磨屋には、この仕事をなしたとき、御用達《ごようたし》へ推挙してやると言えばよい。対価があれば、須磨屋は従う」

山科が大丈夫だと言った。

「お方さまが、そう仰せならば」

「もちろん、金の移動には、そなたに付き添ってもらう。早速だが、明日中《みようにち》にな」

「お任せくださいませ」

主《あるじ》の信頼に応じるべく、十六夜が強く首肯した。

「手配を急げ」

山科が十六夜をさがらせた。

「伊賀者か。須磨屋に始末をさせようと思ったが、やはり商人ごときでは難しかったようじゃの。大奥で反幕府の工作をするには、火の番一人では不足じゃ。御所忍あるいは、八瀬《やせ》の忍をよこしてもらわねばならぬ。目立つよりはと思って、十六夜一人で我慢していたが……ほとぼりが冷めるのを待ち、数人手配してもらわねばなるまい。これだけの小判を資金として差し出すのだ、それくらいの融通はきかせてくださろう、関白さまも」

一人になった山科が呟《つぶや》いた。


御用聞きが変死した。配下とはいえ、町方の一員である。仲間をやられた町方は、顔色を変えた。

「なんだと。泉水の手下たちが、医者ともめていただと」

すぐに町奉行所は良衛のことを知った。

「御広敷番医師だと……」

少し調べれば良衛の正体は知れる。町方の勢いが減速した。

「話だけでも訊き……」

「やめておけ。お伝の方さまのお気に入りだそうだ」

上から圧力がかかった。

「お伝の方さまか」

町方が落胆した。伝の方に一度町方は苦い思いをさせられていた。

伝の方の実兄が、御法度の博打《ばくち》場に出入り、そこで無頼の御家人ともめ、殺されるという事件が起こった。そして下手人の御家人はそのまま逃亡した。

博打場での喧嘩《けんか》は殺され損が決まりである。町奉行所も目付も動かない。それは、変に手出しすることで殺されたほうの名誉に傷を付けるからであった。御法度の博打場に出入りしていた。これだけで、旗本や御家人の家なら吹き飛ぶ。そうなっては困るため、博打場や遊郭で殺された者は、下手人を捜さず、そっと家に遺体を戻し、病死として届ける。こうして復讐《ふくしゅう》をあきらめる代わりに、家を守るのだ。

それを伝の方は破った。

将軍の寵姫《ちょうき》の兄の醜聞である。町奉行所も目付も知らん顔をしていたのが、よほど気に入らなかったのか、伝の方はなんと直接綱吉に、兄を殺した御家人の追捕《ついぶ》を願った。

男は女に弱い。ましてや相手が、寵姫となれば、将軍もその願いを聞いてしまう。

綱吉からの命令である。町奉行所だけでなく、全国に人相書き付きの手配書が配られ、逃げた御家人は捕まり、斬首《ざんしゅ》となった。

このことで伝の方は、町方の鬼門となっていた。

「しかし、このまま放置もできませぬぞ」

仲間が殺されたのになにもしないのでは、手下たちが反発する。

「医師ではなく、泉水の手下どもを探し出せ。親分が殺されたと同時に消えるなど、不穏じゃ」

町方は良衛の追及をあきらめた。

「泉水の五郎次郎が、夜中に惨殺された。これは伊賀だ」

須磨屋喜兵衛は御用聞きの死、その意図に気づいていた。

「人を手配しなさい」

すぐに須磨屋喜兵衛は、腕の立つ浪人を数人雇い、用心棒として側に置いた。

「どうする。逃げるか。京の出店へ仕入れをかねて数年身を隠す……」

震えながら須磨屋喜兵衛が思案した。

「理由はつくな。山科さまからお預かりした金を京へ届ける。さすれば、箱根《はこね》の関所も問題なく通れる。ほとぼりを冷ますにもちょうどいい」

昨日、大奥から四つの長持が届いた。

「隠居後は生まれ故郷の京に帰る。そのための隠居金だという話だが、なんともはや、貯めこんだものだ」

須磨屋喜兵衛が感心した。

「京洛《きょうらく》に草庵《そうあん》を結ぶというが、それならば五百両もあれば足りよう……ただの金ではなさそうだが、これを運べば大奥御用達の看板があげられる。そのうえ、山科さまの跡継ぎとして大奥へ来る京の公家《くげ》のお姫さまも紹介くださるという。京に隠遁《いんとん》した山科さま、大奥には新たな伝手《つて》。二つそろえば、須磨屋は末代まで安泰だ」

新たに加えられた条件を思い出した須磨屋喜兵衛が興奮した。

「この危機さえ乗りこえ、大奥御用達となれば、伊賀も手出しはできまい」

「笑わせてくれる」

不意に低い笑い声が響いた。

「なにやつ」

部屋にいた浪人者が、天井裏からの声に反応した。

「……がっ」

すぐに首から太い針をはやして、浪人が死んだ。

「ひえええええええ」

「声を抑えろ。もっと死人を出したいというなら別だが」

天井板が外れ、忍装束の磯田が落ちてきた。

「だ、旦那《だんな》。なにかございましたか」

須磨屋喜兵衛の悲鳴に、番頭が駆けつけてきた。

「な、なんでもないよ。ご苦労だったね」

目の前に刃を突き出された須磨屋喜兵衛が震えながら言った。

「ですが……」

「さがれと言ったよ」

刃が近づいた。まだ言いつのろうとする番頭を、須磨屋喜兵衛が怒鳴った。

「へい」

不承不承、番頭が下がった。

「さて、我らの正体は言わずともわかっていよう。御用聞きの死に様を知っているな」

「…………」

震えながら須磨屋喜兵衛が首を上下させた。

「死ぬか」

「嫌だ。あれは山科さまに命じられて……」

「言いわけはいい。我らは理由はどうあれ、敵対した者を許さぬだけだからな」

「ひっ」

感情のない声で言う磯田に、須磨屋喜兵衛が腰を抜かした。

「とはいえ、我らにも慈悲がある」

「か、金なら払う」

逃げ道を呈示された須磨屋喜兵衛が口にした。

「そなたが生きている限り、月に五十両もらおう」

「高すぎる」

磯田の要求に、須磨屋喜兵衛が驚いた。

一両あれば、四人家族が一ヵ月余裕で生活できる。五十両は大金であった。

「一回限りならば、まだしも。毎月は阿漕《あこぎ》だ。月十両で三年間」

商売人らしく須磨屋喜兵衛が交渉し始めた。

「話し合いは不成立だな。もとから殺すつもりだったのだ。金で命を買わせてやろうと思ったのだがな」

冷酷に磯田が告げた。

「まさか……本気で」

「当たり前だ」

忍刀を磯田が持ちかえた。

「わ、わかった。払う」

殺気を浴びせられた須磨屋喜兵衛が降伏した。

「ああ、山科から預かった金は、勘定所へ届けろ。勘定頭の荻原さまがお受け取りになる」

「そのような勝手を……あれは山科さまの金」

「幕府の金だ。勘定頭さまがそう決められたのだ。逆らうならば、店を失うだけの覚悟をしろ。あのお方は怖ろしい。ここまで読んでおられたのだ。我らの脅しを受けた山科が、隠し財産を大奥から出すだろうとな」

「……………」

　磯田の話に、須磨屋喜兵衛が黙った。

「この場をとりあえずしのぎ、あとで山科に助けを求めようなどと考えるなよ。山科は誅《ちゅう》される。上様によってな」

「まさか……山科さまは上臈、しかも京の公家の出でござろう」

　告げられた須磨屋喜兵衛が呆然《ぼうぜん》とした。大奥で実力を誇る山科が殺されるなど、予想できなかった。

「では、大奥御用達は……」

「夢見ただけよかっただろう」

　小さく磯田が笑った。

「そのためにどれだけの金を遣った……」

　須磨屋喜兵衛が愕然《がくぜん》と両手をついた。

「きさまがちょっかいを出したのは、そういう闇なのだ」

　磯田が厳しい目で須磨屋喜兵衛を見つめた。

「さて、おまえにはもう一つ手伝ってもらわねばならぬ」

「な、なにをさせる気だ……」

　須磨屋喜兵衛が不安そうな顔をした。

「安心しろ。文を一つ書いてくれればいい」

「文……なんと書けば」

「御広敷番医師の矢切良衛を籠絡《ろうらく》、訊《き》いたところ、お伝の方さまのもとに通っているのは、山科の局さまを大目付の命で調べるためと。山科の局の探索をしろと大目付に指示されているとの報告をな」

内容を磯田が指定した。

四

いつものように伝の方のもとで佐久の治療を終えた良衛は、数人の女中に先導されながら、下の御錠口を目指していた。

「あれは」

途中の廊下を塞《ふさ》ぐように、火の番が一人立っているのに、良衛は気づいた。

「どこの局の者か。我らは伝の方の局に属する者である。お医師を下の御錠口まで見送りの途中ゆえ、道を空けよ」

先頭に立っていたお末頭が、通せと言った。

「そなた、山科さまの局の十六夜とか申す者だな」

火の番の顔にお末頭が気づいた。

「伝の方さまの邪魔をいたすならば、そなたの主《あるじ》である山科の局さまにも波及することになるぞ」

お末頭が、大事になるまえに去れと手を振った。

「………」

無言で十六夜が、薙刀《なぎなた》を構えなおした。

「まずい」

良衛が表情を引き締めた。十六夜の顔に本気を感じ取ったのだ。

「おさがりあれ」

良衛はお末頭の前に出た。

「死ね、医者坊主」

十六夜が、薙刀を振りあげた。

「おう」

良衛は前に出た。

槍《やり》の穂先の代わりに脇差《わきざし》をつけたような薙刀は、強力な武器であった。突く、薙《な》ぐ、斬る、殴ると、どのような使いかたもでき、その間合いすべてを支配下におけた。

薙刀を相手にするときの悪手はさがることであった。槍よりも取り回しやすく、刃渡りの長い薙刀は、相手がさがったぶんをしっかり追い討てる。

なにより、良衛の背後には、戦いなどしたことさえない女中が数人いる。さがれば、その女中たちを危険にさらす。良衛が先に動いた。

「……………」

「こいつ……」

腰を屈《かが》めて、突っこんできた良衛に、驚いた十六夜があわてて薙刀を振りなおした。

速度を落とし、良衛は、十六夜の拍子をずらした。

「くらえっ」

良衛は手にしていた薬箱を、十六夜めがけて投げつけた。

「おわっ」

顔めがけて来る薬箱を迎撃するため、十六夜の薙刀が軌道を変えた。振り下ろしている最中に、持ち手を回し、石突きを撥《は》ねあげ、薬箱を打ち払った。

「なんだ……」

打ち払われた薬箱が割れ、なかに入っていた薬が舞った。

「くそっ」

目つぶしを蒔《ま》かれたような状態に、十六夜が引いた。

「御出会い召され、御出会い召され」

お末頭が声を張りあげた。

「ちぃぃ」

十六夜が顔をゆがめた。

「なぜ、愚昧《ぐまい》を襲う」

人が集まれば、それだけで刺客は不利になる。良衛は時間稼ぎと話しかけた。

「黙れ、大目付の狗《いぬ》が」

十六夜が罵《ののし》った。

「きさまが来なければ、大目付といえども男子禁制の大奥へ手出しはできなかった。あと二年で、山科さまは……」

「二年だと。なんの話だ」

「……しまった」

はっと十六夜が顔色を変えた。

「死ね」

十六夜が薙刀を下段に構え、滑るように間合いを詰めてきた。

「……………」

良衛は薙刀の切っ先を注視した。

下段からの攻撃の第一歩は、刃先が下から上へと斬りあがってくる。薙刀とはいえ、間合いはある。三寸（約九センチメートル）見切ってさがれば、一撃はかわせる。問題はその後にあった。外されたとわかった瞬間、薙刀がどう変化するか。切り返して頭上から落ちてくるか、燕《つばめ》のように翻って左右どちらかから薙いでくるか。それを読み違えれば、あっさりと身体を両断される。

良衛は無手であった。医者は坊主と同じ扱いを受けるため、城中に刃物を持ちこむわけにはいかなかった。矢切が御家人であったときの名残で腰に差していた脇差も、登城すれば外して、医師溜《だまり》に置いてくるのが決まりである。

「しゃあああ」

薙刀の切っ先が良衛の下腹を襲った。

「なんの」

半歩退いて、空を切らせた良衛は、十六夜のつま先を見た。わずかに、つま先が左へ向いていた。

「左かっ」

良衛は十六夜の追撃が、己の右からの薙ぎと読んで、左へと大きく踏み出した。

「なにっ」

読まれた十六夜の動きが一瞬乱れた。切っ先の動きがわずかにぶれ、出が遅れた。

「おうやあ」

薙ぎを空振りさせた良衛は、その後を追うように飛び込み、十六夜の踏み出したつま先を踵《かかと》で打った。

「ぎゃあ」

踵は人体でもっとも硬いところである。薙刀の石突きにも負けない硬さの踵に、思いきり指先を潰《つぶ》された十六夜が絶叫した。

「ひゃわああ」

それでも言葉にならない気合いをあげて、追撃を加えようとした十六夜は見事であったが、足を潰されている。体重の移動がうまくいかなくては、どうしようもなかった。一撃は大きくそれた。

「はあぁ」

そのまま突っこんだ良衛の拳《こぶし》が十六夜のみぞおちへ入った。

「……がっはっ」

肺腑《はいふ》の空気を吐きだして、十六夜が気絶した。

「ふうう」

良衛は額の汗を拭《ぬぐ》った。

「袖《そで》が……」

汗を拭うためにあげた右手、その袖が半分近く裂かれていた。

「薙ぎが伸びたのか。もし、刹那《せつな》でも遅れていたら……」

袖ではなく、胴が裂かれていた。良衛は、拭った額に新しい汗を感じた。


山科の局《つぼね》の後始末は、良衛のかかわりないところでおこなわれた。

ことが破れたと知った山科の局は喉《のど》を突いて自害、捕まった十六夜も舌を噛《か》んだ。

「対馬守どの」

柳沢吉保と松平対馬守が、事後の密談をしていた。

「自裁されてはどうしようもござらぬ。大奥には表の目付にあたる役目がござらぬゆえ、詰めが甘い」

松平対馬守が苦く額にしわを寄せた。

「なってしまったことを後悔してもいたしかたございませぬ。とはいえ、このまま放置しておくわけにもいきませぬ。金を貯めこんだくらいなら、死ぬほどのことではございませぬ。せいぜい金を没収されて、隠居を命じられるていど。さすがに医師を襲った火の番は、死罪となりましょうが、山科はそこまでせずとも知らぬ存ぜぬでとおせば……」

柳沢吉保も難しい顔をした。

「裏がござるな」

「おそらく」

二人が顔を見合わせた。

「山科は京の出。そして火の番は山科によって京から呼ばれた」

「貴殿も京に根があるとお考えか」

柳沢吉保の言葉に、松平対馬守が同意した。

「京都町奉行所あるいは禁裏付に調べさせましょう」

「それはいかがか」

提案した柳沢吉保を松平対馬守が止めた。

「事情を知らぬ者を使うには、説明が要りましょう。そして、町奉行も禁裏付も、老中支配。我らは指示できませぬ」

「老中に事情を話すわけには参りませぬな」

松平対馬守の話に、柳沢吉保も苦悩した。

「堀田筑前守さまの刃傷の裏には、己の失策を咎《とが》められまいとする老中どもの思惑がござった。そして、未《いま》だ上様は幕閣を手中にされているとは申しあげがたい」

「……むう」

柳沢吉保が、口の端を大きくゆがめた。

「上様から政の権を奪ったままにしたい老中どもに、わざわざ情報をくれてやるわけにはいきませぬな」

「…………」

無言で松平対馬守が首肯した。

「だが、このまま放置するわけにもいきませぬぞ。今回は守りきれましたが、次もいけるとは限りませぬ。とはいえ、拙者もご貴殿も江戸を離れられませぬ」

御小納戸頭は将軍の身の回りの世話をする役目であり、大目付は朝廷を監察するとはいえ、すでに形骸化《けいがい》していた。

「使える者はあの医者だけ。京に行かせるわけには……」

「いや、お待ちあれ。矢切を使う方法がござる」

苦悩する柳沢吉保に、松平対馬守が言った。

「どうなさるのだ」

「褒美代わりに長崎へ遊学させるという話がございましたな」

「上様のお許しもいただいておりまするな」

柳沢吉保が、松平対馬守を見た。

「長崎へ行くならば、京を通りましょう」

「通りますな」

意味を悟った柳沢吉保が小さく笑った。

「それに矢切は長く京の名古屋玄医という名医のもとで修業していたとか。知り合いも多いはず。長崎へ行く途中、旧知の多い京都で多少日を過ごしたところで、不思議ではございませぬ」

「知り合いがいれば、なにかと助力も得やすいことでしょうし、名古屋玄医どのほどの名医とあれば、公家衆《くげ》への出入りもござろうな」

松平対馬守と柳沢吉保がほくそ笑んだ。

山科の一件を終えた良衛は、数日後の朝、連歌の間縁側に呼び出された。午前の呼び出しは、出世の証《あかし》である。

「御広敷番医師矢切良衛」

「はっ」

岳父今大路兵部大輔の声に、良衛は両手をついて頭を垂れた。表御番医師から御広敷番医師へは単なる異動で、典薬頭の専権だが、出世となると話は変わる。今大路兵部大輔は将軍代理として、良衛の前にいた。

「任を解き、寄合医師とする」

「ははっ」

寄合医師は奥医師の予備と言われ、腕を認められれば将軍の侍医になれた。出世に興味のない良衛だが、このあとに続くはずの褒賞を受け取るには、寄合医師とならざるをえなかった。寄合医師は当番から外れている。御広敷番医師のように、登城しなくていいため、勉学の時間を十分取れる。小普請医師や表御番医師が、さすがに典薬頭の娘婿を一段下に落とすわけにはいかないため、まだ番医師としての経験の浅い良衛は寄合医師とされた。

もっとも、寄合医師からふたたび表御番医師に召し出されることもある。純粋な出世とはいえなかったが、良衛は喜んで受けた。

「医術精進の旨、上様のお耳に聞こえ、ご感情斜めならず。より一層の修業をおこなうよう、長崎への医術遊学を認める。その間、家禄《かろく》は旧来のとおりとし、長崎修業の費用として別途十人扶持《ぶち》を下さる」

一人扶持は一日玄米五合を支給される。十人扶持は年になおして十八石、およそ十八両になる。異郷での生活費としては少ないが、足りないわけではない。

「ありがたき仰せ」

良衛は平伏した。

「よかったの」

公式の用はすんだ。今大路兵部大輔が良衛を祝した。

「ありがとうございまする。これも義父上《ちちうえ》さまのおかげでございまする」

良衛は礼を述べた。

「うむ。心おきなく勉学に励め。弥須子たちのことは気にするな。儂《わし》が面倒を見る」

「お気遣いありがたく」

「そのかわり、最新の医学を持ち帰れ。書でも薬でもなんでもよい。決して他の者に奪われるな。そのための金ならば、儂が工面する。かならず半井出雲守の手にだけは入らぬようにいたせ」

「……はい」

強く言った今大路兵部大輔に良衛はしぶしぶうなずいた。

「では、準備もございますので、わたくしはこれで」

良衛はもう一度頭をさげた。

「ああ。待て」

出て行きかけた良衛を今大路兵部大輔が止めた。

「なにか、まだ」

良衛が足を止め、片膝《かたひざ》をついた。

「黒書院溜にて、大目付松平対馬守さまがお待ちだ」

「…………」

今大路兵部大輔の伝言に、良衛は固まった。

本書は書き下ろしです。

角川文庫発刊に際して

角川源義

第二次世界大戦の敗北は、軍事力の敗北であった以上に、私たちの若い文化力の敗退であった。私たちの文化が戦争に対して如何に無力であり、単なるあだ花に過ぎなかったかを、私たちは身を以て体験し痛感した。西洋近代文化の摂取にとって、明治以後八十年の歳月は決して短かすぎたとは言えない。にもかかわらず、近代文化の伝統を確立し、自由な批判と柔軟な良識に富む文化層として自らを形成することに私たちは失敗して来た。そしてこれは、各層への文化の普及滲透を任務とする出版人の責任でもあった。

一九四五年以来、私たちは再び振出しに戻り、第一歩から踏み出すことを余儀なくされた。これは大きな不幸ではあるが、反面、これまでの混沌・未熟・歪曲の中にあった我が国の文化に秩序と確たる基礎を齎らすためには絶好の機会でもある。角川書店は、このような祖国の文化的危機にあたり、微力をも顧みず再建の礎石たるべき抱負と決意とをもって出発したが、ここに創立以来の念願を果すべく角川文庫を発刊する。これまで刊行されたあらゆる全集叢書文庫類の長所と短所とを検討し、古今東西の不朽の典籍を、良心的編集のもとに、廉価に、そして書架にふさわしい美本として、多くのひとびとに提供しようとする。しかし私たちは徒らに百科全書的な知識のジレッタントを作ることを目的とせず、あくまで祖国の文化に秩序と再建への道を示し、この文庫を角川書店の栄ある事業として、今後永久に継続発展せしめ、学芸と教養との殿堂として大成せんことを期したい。多くの読書子の愛情ある忠言と支持とによって、この希望と抱負とを完遂せしめられんことを願う。

一九四九年五月三日

表《おもて》御《ご》番《ばん》医《い》師《し》診《しん》療《りょう》禄《ろく》5

摘出《てきしゅつ》

上田《うえだ》秀人《ひでと》

平成27年 2月25日 初版発行

発行者●堀内大示

発行所●株式会社KADOKAWA
〒102-8177 東京都千代田区富士見2-13-3
電話 03-3238-8521（営業）
http://www.kadokawa.co.jp/

編集●角川書店
〒102-8078 東京都千代田区富士見1-8-19
電話 03-3238-8555（編集部）

角川文庫 19013

印刷所●株式会社暁印刷 製本所●株式会社ビルディング・ブックセンター

表紙画●和田三造

ISBN978-4-04-102055-5 C0193